www.yon.com.tw

我 寫 故 我 在

www.yon.com.tw

我　寫　故　我　在

www.yon.com.tw

我 寫 故 我 在

第3屆《文學創作者獎》首獎作品

背對背活下去

神小風◎著

白象

—自序—

在轉過身來之後…

在文創獎頒獎典禮的前一天，我和親愛的前男友攤牌，然後發現我被徹徹底底的劈腿了，在戀愛裡最稀鬆平常的事情，被我遇上了，只有「幹」一個字勉強可以形容。

距離我要搭車下台中的時間只剩下六個小時，我趴在床上和第三者講完將近兩個小時的電話，我們彼此互相拉鋸著誰也不讓誰，我可以感覺到她可憐我，同情我，這眞的沒什麼，如果是我面對一個卑微的人，我必定也會如此待她。

我跳起來對著鏡子化妝，厚厚一層粉掩蓋我徹夜未眠的黑眼圈，然後穿上紅衣服綁上紅髮圈，把自己打扮成一顆草莓，是那種不能壓的，一壓就會碎出眼淚來的爛草莓，在統聯上，我硬生生把全家的麵包塞進肚子裡去，卡在喉嚨裡讓我難以張口說話，想到等一下的場面該是我微笑，該是我講話的時候，就忍不住胃痛，望著窗外不斷奔馳的景色，多麼想多麼想就此死去，本來是我的場合卻彷彿世界末日，我終於咬牙切齒的恨起我親愛的前

男友來。

或許是因爲這樣，當我再次修改起我這部小說的時候，忽然感到一股極端的厭惡，爲了趕上截稿期限的我，花了整整一個禮拜寫完這五萬字的小說，現在看來就是如此的怪異，或許是我終於明白人在愛情中失去理智的偏執會變成什麼模樣，明明知道所作的一切只是在傷害，但是，傷害誰卻可以讓自己更堅強，至少不是只有自己在受傷。

我有時候會想，如果我少花點時間寫小說，多正視我和他之前的情感，是不是不會變成這樣呢？至少可以多些警覺性，可以不用他媽的被劈得這麼慘，但就算時間倒流，我還是不會改變的吧。

因此這本小說對我的重大意義不只因爲是我的第一本小說，而是陪著我度過那一段痛苦的日子，這篇小說的原始版是相當不成熟的，於是我開始從頭修起，一個人的晚上，當我因爲痛苦而咬牙切齒的睡不著，就爬起來在宿舍裡修這篇小說，陽明山的風從窗外吹來，我聽見自己的打字聲答答答，彷彿那是我唯一僅有的東西了，事實上，也正是如此。寫不下去的時候我就在屋子裡不斷的繞圈子走，不然就哭，哭得再大聲也還是要繼續寫，改完最後一個字的時候天剛亮，我望著望著太陽，忽然覺得似乎可以睡得著了，小說裡的

每一個人物都是我，都是我某一部分的打碎分割，因此即使每一個都畸形，我也愛它們。

謝謝給我機會的三位評審，也謝謝一直以「特殊」方式督促我的文創榕笙大哥，我應該是你碰過最麻煩的作者吧，也謝謝這些日子直到現在都陪在我身邊的朋友，忍耐了我許多電話裡的眼淚鼻涕，謝謝大方出借姓名給我的黃蟲，謝謝不介意我老跑去妳家撒嬌的阿尼，還有耕莘青年寫作會寶貝們，你們的話語都是觸碰我的重要關鍵噢，可惜我們的暗語還沒有決定，但我一直會在這一塊地方留下位置。

當然最重要的，謝謝一直給我巨大力量的老師儀婷和帥氣的納豆，只要看著你們，就讓我擁有非得繼續戰鬥不可的勇氣呢。

而親愛的小說家8p，是你們曾經爲我施放了一場華麗的幻術，但我不是天才，我會用我所能作到的最大體術極限，慢慢的努力寫下去，因爲人生，就是一場又一場不斷的戰鬥啊。

完全變態的小說

《背對背活下去》是二〇〇六年「文學創作者獎」的首獎作品，我是當時的評審之一。評審當下，我不由自主地聯想起二〇〇〇年的時報百萬小說首獎作品——成英姝《無伴奏安魂曲》，原因是女主角同樣寂寞得可怕。

故事從一個莫名消失的「雄性」角色開始（之所以這麼說，是因爲男主角從頭到尾都沒有現身），女主角范音音上窮碧落下黃泉地追尋嘴角說不愛了但心底仍愛著的男主角。

作爲讀者的我們，只能被動地跟著范音音，像個偵探似的，地毯式地搜查已然成爲過往的愛情遺跡——我們看的是女主角的緊迫盯人，以及男主角的疲憊。

多麼像懸疑的推理小說啊！

是，也不是。因爲過程中，讀者進入的不是擁有完美不在場證明的兇殺密室，而是女

主角不可思議的內心世界，那裡面沒有血漬，也沒有兇器，可是我們卻心慌地想尖叫。

閱讀過程中，跟在執拗的女主角身後，幻聽似的，我隱隱約約聽到有個聲音在我耳畔迴響：This is our house. This is our house.……

仔細一聽，是電影《神鬼第六感》（The Others）裡，執拗的母親妮可基嫚帶著她的兩個蒼白小孩對著空屋不停執唸：This is our house. This is our house.……

因爲有入侵者闖進來了，所以他們必須用盡力氣捍衛自己的家園，問題是對正常人而言，他們母子才是入侵者，因爲他們早就亡故了，他們是鬼。

明明是驚悚的不得了的劇情，可是我卻只覺得揪心，刺痛不已。

一切都是因爲執念。

《背對背活下去》小說裡的女性角色各擁有一種令人驚駭的執念，那種執念幾近變態，不，應該說超越變態，但作者的功力，卻讓我們不知不覺地認同小說裡的女性角色，並且靜靜地挪動腳步，站到變態那一方。

超越變態的執念會怎麼樣？

當一個人對愛的執著，抵達某個臨界點時，便有能力扭曲這個世界，進入到一個不可

思議的世界。就像金屬遇到超級強熱，沒有融化成液體，就直接氣化消失了那樣。

作者高明的地方，在於她始終用溫柔的慢火來烹煮這一切。因爲慢火，所以閱讀的時候，讀者渾然不覺已經來到溫度的臨界點了。一個回神，來不及了，讀者已經搖搖晃晃地升空了，跟小說裡的「雄性」一樣，被氣化了。

《無伴奏安魂曲》的美綺最後說：我心裡很害怕，但是我對自己說，我已經不是從前的我了。

《背對背活下去》的范音音最後說：我心裡很寂寞，但是我對自己說，我要把寂寞再擦亮一點，那是我所擁有的唯一武器了。

就像《神鬼第六感》裡的妮可基嫚一樣，就算意識到自己已經死了，仍心心念念地想捍衛曾經愛過的東西。《背對背活下去》就是這樣一部百分百變態的小說，屬於是完全變態那一種。

現實裡，寂寞女人很可怕；但在小說裡，寂寞的女人美極了，像隻完全變態的蝴蝶。

那裡面沒有血漬，也沒有兇器，可是我們卻心慌地想尖叫。

耕莘青年寫作會　許榮哲

有電影的蒙太奇功力

這一部有懸疑布局、戀母情結、情人之間的疏離、友誼之間的做作關係、問題家庭……等等描述現代人際關係的小說。

在帶著懸念的劇情，跟角色們的互動之間，我們逐漸看到每個人物在現實中所處的困境。張力十足、有電影的蒙太奇功力；雖然結尾顯得有點說服力不夠，但仍看得出作者前後呼應的設計。是此次徵選作品中，我覺得頗有架構跟企圖的新銳。

作家 顏艾琳

鑒戰美學

以出版一本書作爲文學獎徵稿，想必更能展現出評審的美學觀。特別是來稿多元，有武俠、言情、推理、奇幻之屬的大眾文學，也有走劇本、觀念小說、自傳散文的小眾文學。要在這繁花異茂的長篇或中篇選出首選，如果仿一般的文學獎評審拉鋸戰，可能較早出現結果。但是，在選稿的過程中，我難免想到那個老掉牙的出版問題：我們要端出怎樣的一本書出版，才會在這新書上下架如洪流來往的書肆中，稍稍獲得更多關注。因爲這樣的嚴苛思維，我們發現來稿的完整性並不足以達到出版標準，曾出現「評審各自選出首獎鼓勵，但不出版」的想法，然後才演變成「先選出潛力作品，修改後出版」的準則。在此標準下，《背對背活下去》以些微的分數出線了，緊接在後是落差一分的《蘇菲亞》、《好姓》。而這也說明一點，如果換一批評審，結果必定洗牌。

《背對背活下去》主要是以情愛爲主軸，較成功的竟非主角的愛情部分，而是一些發展的副線，如畫家的這部分較細膩。如果作者更細緻的書寫修改，會是一本値得出版的書。《蘇菲亞》是一本推理小說，走故事路線，高潮緊湊，懸疑氣氛佈局得很好。但我以爲，一本偵探小說，也可以拉出較爲多元的意義，《蘇菲亞》以宗教場景爲主，卻沒有進入更多的宗教意涵，以至於小說結束而失去韻味。《好姓》有強烈濃郁的風格，看得出作者意圖和書寫的誠懇，但是強烈的符號體系、龐大的知識漩渦、中英夾雜的書寫，確實讓評審有些招架不住。

最後，值得一提的是主辦單位的用心，以出版替代單篇文章的競技，確實讓人激賞。當今的文學獎同質性高，【印書小舖】沒有主流媒體、財團的奧援，卻能爲文學盡一份心力，不啻是文學創作者的另一種幸福。

作家　甘耀明

得獎感言

我很少寫愛情，因爲我根本搞不清那玩意兒，或許我自以爲那是愛情但根本不是愛情，常常看著好好的男女主角在我筆下扭曲變形，看來我將會是個只能產下畸形兒的媽媽（哭）。

感謝文創的各位，終於讓我寫出我的長篇小說了，截稿日時熬夜寫到看見日出的那天，已經是閉著眼睛恍神，快要哭出來的在打鍵盤了，很開心那時爆掉的肝有了回報。

感謝貓娜在網頁掛掉時幫了快瘋掉的我，也感謝我的文友黃蟲那一句聶魯達的詩句給我的靈感，以及他在不知情的狀況下當上我扭曲的男主角，眞是大人有大量。

最後，感謝教我忍術的你們跟寫作會夥伴，可惜我們的暗語還沒有決定，但我一直會在這一塊地方留下位置。

將此部小說獻給音音，我的畸形兒，我愛妳。

目錄

背對背活下去

離開

「我傷到他了。」

范音音跪在客廳地板上，看著黃崇離去的背影，嘴裡唸著這句話。

她是用全身的力氣在實踐這句話的。

不斷重複，重複。

黃崇離開的時候，一點徵兆也沒有。

對，什麼都沒有，范音音想起剛剛發生的一切，她靠著門冷冷的看著正在收拾東西的黃崇，雙手交叉在胸前站在客廳裡，一句話也不說，或者是不知道該說些什麼，到了這個地步，似乎也再也沒有什麼好說的了，黃崇的動作在她瞳孔裡被放慢，倒轉，回到一星期前的那一刻。

他們在餐廳裡吃飯。

黃崇總是叫一桌子菜，那是他們週末的習慣，到這家川菜館用餐，五更腸旺、宮保牛肉、豆瓣紅魚…這樣的確是叫太多了，音音緊抿著紅透的唇，她不能吃辣，每次吃都讓喉嚨極不舒服，她喝下第三杯水，透過透明的水杯窺視對面的黃崇，黃崇剛跟一隻蝦奮戰完，汗水淋漓的抬起頭來。

然後呢？

她記得最後一個畫面是他離開餐廳，他蠕動了嘴巴好像說了些什麼，她一向討厭他怎麼連話都說不清楚，然後是他離開的背影，像影像被剪開又重新拼貼回去般，她轉回頭來看著眼前這一桌菜，沒一道她可以吃的，她簡直不知道爲什麼她會坐在這裡，現在黃崇走了，她想他也許不會回來了。

他沒結帳。

范音音心不甘情不願的買了那份單，拿起黃崇擱在座位上的外套，他居然連外套都沒帶走，她覺得自己跟白癡一樣，避開服務生詢問的視線，被丟在餐廳裡的她像是個用過的保險套，讓人好奇這之中發生了什麼事，他媽的，她想大叫，但她什麼也沒作，安靜而溫

順的回到他們兩個人的房間。

在黃崇離開她之前，他們已經同居了一年，一年，這樣的日子好像沒有很長，三百六十五天，范音音看著屋子想，才一年啊，她怎麼覺得好像過了一百年。

黃崇沒有回來，從他離開餐廳的那一刻起，就沒有再回到這個房間來，音音給他打過幾次電話，語音信箱都把她給搞煩了，好像人間蒸發似的，黃崇就這麼消失，而且是不明所以的，每當范音音硬是要去想到底發生了什麼事頭就痛得厲害，於是她看著毫無改變的房間，懷疑起黃崇這個人的存在。

房間很乾淨，她一向是盡量不堆積雜物的，衣服不多，化妝品倒是塞了一整櫃，乾掉的指甲油、髒掉的粉餅、找不到蓋子的眼影盒，那些用到一半就被丟在櫃子裡的色彩冒著粉味，跟前些日子范音音才買的全新秋妝形成強烈對比。

「還好，妳喜新厭舊的，只有化妝品而已。」黃崇開過這種玩笑。

那只是因爲她對化粧品比對男人有興趣而已，范音音悄悄的想，扭開新的粉底液，一股粉香味讓她不禁深吸一口氣。

她喜歡新東西，或許女人都是這樣，她多麼喜歡打開包裝紙時那股透明的氣味，完全是嶄新的，乾淨的，甚至有些僵硬的味兒，那代表這樣東西眞眞切切屬於她，往臉上摩擦啊或是用手搓揉，她可以用很多方法染上自己的氣味，那樣東西就走不掉了。

她以爲黃崇也是如此。

她幫黃崇全身上下打點妥當，包括衣服啊鞋子的，她喜歡一步步看著一樣東西屬於她，這個過程是相當有趣的，然後就把他丟在那兒。黃崇常常在換工作，從大廈管理員到快炒店廚師，他什麼都幹過，而范音音對他一再換工作這件事情毫無意見，對她來說，黃崇那一部分不屬於她掌控的世界她是不感興趣的，她不想知道也不想了解，更不曾想過寂寞這一件事。黃崇總是比她晚回家。平常的日子，范音音會去巷口燒臘店爲自己買一個便當，吃完後拿出從黃昏市場買來的小黃瓜洗淨，喀哩喀哩的吃起來，多麼健康好聽的聲音，她很注重身體保養，每個禮拜一定要吃幾次水果，爲此她還買了一台果汁機以便隨時打果汁來喝。到了晚上，她把電視打開，只是喜歡那個聲音，這是一種習慣，她做事情時喜歡把電視打開，好像房間裡跑出好幾個人在對談，熱鬧點，但又好像很寂寞。

她不記得黃崇會在什麼時候回家，她總是先去睡了，如果黃崇回來，他會扭亮客廳的燈，第一件事是先跑去冰箱裡拿啤酒喝，他的腳步聲一跛一跛，拖著鞋子走路，然後外套公事包「趴搭」往沙發上扔，鬆鬆領帶發出歎息般的嗝聲，走進房間裡，這個時候他會把腳步放輕，走近范音音身邊，那時的她應該早已熟睡，會被黃崇粗魯的撫摸弄醒，黃崇的手大而笨拙，手窩上有著小小的繭。

然後范音音張開眼睛，屋子裡一片漆黑。

她看了一下時鐘，三點半，這時她才想起來，黃崇離開了。

廚房裡傳來水滴滴答答的聲音，怪吵人，她走進廚房把水龍頭關緊，安靜得好像什麼都不存在一樣。然後她打開冰箱拿了幾個奇異果出來，奇異果毛茸茸的，出乎意料的好摸，她緊握在手裡摩擦手心，暖烘烘的，取下削皮器沙沙的削著奇異果，奇異果毛絨但不好握，沒抓好就會削到自己的手，她很小心但還是削到了，新月似的傷口。她討厭受傷，因爲老是手賤喜歡摳傷口，因此受了傷就很難好。她拿出果汁機把削了皮的奇異果丟進去，水進到她手上剛剛產生的傷口，輕微的刺痛感，她吸著指頭，幫果汁機插上插頭。

她想起吉本巴娜娜在《廚房》裡寫的一小段。她已經不看書很久了，那是多久之前讀

的小說呢？她想不起來，但那個片段在此刻黑暗中輕易浮現：雄一的媽媽總是喜歡買新東西，有一次買了果汁機回來，雄一跟御影便在睡不著的夜晚一起打果汁來喝，御影有著漂亮而透明的乾淨杯子，兩個人專注看著震天價響的果汁機，啪拉啪啦旋轉的果汁機，多麼美麗的情景啊！

於是她從櫥櫃裡找出最高級的杯子，那是他們剛住在一起時朋友送的，裝在漂亮的盒子裡，再也沒有比杯子更適合送人的東西了，范音音想，那是有著草莓圖案的對杯，她用水沖了沖，將浮著泡沫的果汁裝進杯子裡，她倒了兩杯，一杯穩穩放在外面的餐桌上，看起來怪無助的，爲什麼要多倒一杯呢？她想，又有什麼關係，也許她可以把這第二杯也喝下去的吧。

好安靜。

一切都太安靜了，安靜到讓她忘記，黃崇在的時候是不是也這麼安靜。

一個禮拜之後，黃崇回來了。

他說，他要離開。

而那個時刻到底發生了什麼事呢？現在范音音再度回想起當初黃崇的模樣，依然模糊而不清晰，她記不起當時他穿的衣服，站的姿勢，還有他說的話，她也忘記自己的反應。她想，她模擬著，自己應該是以一副無所謂的態度坐著，將頭抬高四十五度角望他，然後說：「喔。」

是啊，她幾乎要引以爲傲了，自己居然會是一個這麼堅強的女人，就算相處多時的男人要離開，還是可以這麼瀟灑的說掰掰，她想著這樣的自己，似乎也變得有魅力起來。

「眞的是這樣嗎？」

她走過長長的街口去找香水，香水是她的死黨，是會互相檢查彼此有沒有乳房硬塊的那種死黨，她們去常去的店聊天，冷氣吹得范音音直想打噴嚏，她坐在靠窗的那個位子，看見香水坐在她面前兩隻腿打開又交叉，一頭紅髮垂到腰際，歪著頭用手斜斜的撐住下巴，她不知道自己爲什麼要來找她，不過也理應來跟香水報告，雖然其實沒必要跟她說的，范音音想，但總是想找人說說話，以證明黃崇離開她的這件事，該是個天大的事。

香水也認識黃崇跟她們的朋友，范音音知道她在這場對話結束後，就會以最快的速

度跟所有認識的人報告她跟黃崇分手的這件事，太好了，這樣或許讓她省下一一報備的麻煩。

「什麼？眞的是這樣？」

「妳聽起來一點也不難過。」香水玩起自己的手指來，范音音望著她光禿禿的手指，眞想幫她擦指甲油。

「但眞的是這樣嗎？」

香水的聲音充滿質疑跟不客氣，她就是這樣，音音很了解她，太了解她了，香水講別人的事情時總是又直又嗆，所以她才一直都只有音音這一個朋友，她想，這該是自己的幸運嗎？

「還好。」

「還好？那是好還是壞？」

「香水，這種事情哪有什麼好壞！」

「他離開妳，妳難過嗎？」

「當然不難過。」她挺挺胸膛：「妳沒看我好得很。」

「妳愛他嗎？」

「我不知道。」音音開始覺得無聊了，怎麼盡問這種問題？

「那妳現在最想做什麼事情？」

「吃東西。」

「吃東西？」

她只想吃東西，從那時候開始她吃了哪些東西呢？范音音什麼也記不起來，她的作息或許全被那該死的黃崇給打亂了，她想著，這時似乎眞覺得好飢餓，胃在急速收縮著，她想著得趕快吃些什麼，好把空虛的胃給填滿，像是一停頓所有的空虛就會都湧上來般急切著，她把面前的滿滿的檸檬水一口喝乾，檸檬的味道淡淡的刺激舌頭，她覺得好餓，無比的飢餓，爲什麼呢？

「我不相信，妳怎麼可能不難過？」

「眞的啊。」

「少騙人了。」

「我哪有騙人。」范音音一股火冒起來，看著香水那股懷疑的神情：「難道妳希望我

悲傷難過比較好嗎？」

「這樣才是正常的吧。」香水笑笑。

她懂了，香水希望她難過，希望她心碎得大哭大叫，崩潰的倒在地上不要爬起來，最好可以割個腕什麼之類的，就像她一樣。香水藏在寬鬆袖子裡的白皙手腕上有著小蛇般的淡紅傷疤，呈現鋸齒狀的流動，她忘記那是香水第幾次的戀愛，就是那樣子的傷痕不斷的提醒她，戀愛是一件多麼恐怖的事情。

是的，香水早就想看她失戀的樣子，香水要自己跟她一樣，這個恐怖的女人。范音音咬牙切齒的看著香水，全身都要顫抖起來。

「那，妳現在都在家裡做什麼呢？」香水用力吸了一口面前的紅茶，一樣張著天真的眼睛望她。

做什麼呢？范音音回想起最近度過的那個夜晚，她給自己打了杯蘋果汁，廚房裡充滿了蘋果的香味，她喝下玻璃杯裡浮著健康泡沫的混濁汁液，忽然想到從此以後自己就得獨自站在這廚房裡了，她忽然全身發冷起來，沒來由的。

唉，她得從什麼時候開始忘記黃崇呢？似乎該是從兩人在一起的那時開始忘記吧。這

並不難的，只要回到那個時候，彷彿一個詛咒般，當兩人黏稠的手互相觸碰，以最原始的本能彼此需要時，在黃崇的手還暖和的冒著熱氣時，她得從那個時刻冷卻，像極速凝結的岩漿，龐貝的人們依然保持的樣子那般，動作還在，心已經變成石頭，逐漸散去了。

她得連愛情的能力都失去，要是早這麼作就好了。

當范音音獨自一人，站在黃崇離去的屋子裡時，她已經感受不到任何呼吸聲。已經回不去了，回不去當初獨居的自己，黃崇的每一處氣息都已深埋在這四面牆之中，牆壁的縫隙裡有他的血液鑽動，地板保有他腳底的溫度，只要她回個頭，就可以發現他餘下的影子，失去主人的影子在屋裡飄蕩，一隻隻迷路的鬼，黃崇離開了，帶走他所有的東西，帶走她想要的東西，卻忘了帶走他最該帶走的東西。

她想起來了，她想起她手中的玻璃杯掉落，在光滑的地板上迸出裂開的聲音，有如墜落的重大撞擊聲，她聽見自己心中裂開的聲音，啪擦，逐漸腐蝕，啪擦，像樓梯間出現的裂痕，啪擦啪擦，像整間屋子的崩壞。

於是她顧不得被果汁弄濕的雙腳，彎下身來躲進餐桌底下，手記得要保護頭部，那是小學老師說過最安全的姿勢！戒慎恐懼著，深怕著房屋斷裂倒塌。

啪擦啪擦啪擦（多麼清脆好聽的聲音！）……

她開始無法拼湊整個夜晚的來臨，在她每天晚上都睜著眼睛無法入眠的日子逐漸加長的時候，她不知道自己爲什麼會這樣，無法完全的躺在床上，只要四肢平放就會開始不對勁，心律不整、瞳孔放大、呼吸紛亂，這不該是快死的人才有的狀況？

於是她搬來枕頭被子擺進餐桌下，還好家裡的餐桌很大地板也很乾淨。她將枕頭擺放了個最舒服的姿勢，地板直接觸到她的背部，隔著一層薄薄的睡衣，音音感到無端的冰涼而寂寞。

當夜晚來臨，她縮一縮身子，將自己深埋進被子裡，厚厚的綑緊，嗅著與房間不同的氣味，瞇著眼看見面前自餐桌縫隙透過來的黑暗，細細碎碎的黑暗飄落在她臉上，只是黑暗，一直都是黑暗，她伸出手來摸摸餐桌的桌腳，然後閉上眼終於可以睡去。

她想起吉本巴娜娜的御影睡在廚房裡，因爲那是讓她喜歡而安心的地方，而此刻范音音睡在餐桌底下，她只是感到害怕，啪擦啪擦好像什麼要崩毀了似的害怕，而選擇以最安全的姿勢睡在那裡。

然而她什麼都不會說，即使她如此清晰的記得這一切，她微微的露出牙齒對著香水笑

了，她覺得那是無懈可擊的美麗笑容：「沒有作什麼，在家裡，就睡覺啊。」

她死都不會說的，對著香水，這一個名字漂亮的女人，她覺得噁心，就連念出這個名字都覺得噁心，於是她又再喝了一杯水，把胃裡那些不能再嘔吐出來的東西吞嚥回去。

「好吧，或許妳眞的不愛他了吧。」香水聳聳肩，果斷的下了定論，音音低下頭默默的笑了，感到驕傲而得意，總是這樣，還愛著的人就輸了。

她不想輸，而就算輸了，也絕對不能被她眼前的這個女人，看到她輸的姿態。

「那他去了哪裡？」香水問。

「誰？」

「黃崇。」

「我不知道啊。」就算知道也不會告訴妳，她想。

香水本來就是黃崇的朋友，是因爲黃崇，她和香水兩個才會認識的，表面看起來這是最安全的距離了，人與人不就是這樣的嗎，總是維持著一種莫名奇妙的關係，就像她們兩個，她也說不清她和香水的關係，但或許每個人都曾希望自己的死黨活得不幸吧。

她們各付各的買了單，香水把找回來的錢在手心裡攤平放進皮包，兩個人好像無話可

說的在店門口站了一會兒發呆。

「或許，妳可以問ＪＪ。」香水似乎不經意的說出這個名字。

「什麼？」

「我說，關於找不到黃崇這件事，或許妳可以問他。」香水若無其事的露出一個燦爛笑容：「ＪＪ是黃崇還不錯的朋友，現在好像在當高中老師吧，因爲長得像林俊傑，所以黃崇都叫他ＪＪ，我也跟著這麼叫，但明明一點也不像，小眼睛塌鼻子的，我之前第一次看到他本人的時候整個人都傻了，哈哈。」

「喔。」她在反擊了，范音音望著呵呵笑的香水，腦袋裡只有這句話。

「妳需要他的電話嗎？我這邊有喔。」香水說是這麼說著，但卻絲毫沒有要把手機拿出來的意思：「不過我想音音妳大概已經不需要了吧，因爲妳不是已經完全不愛他了嗎？」

「是啊，不用了。」明明知道自己此刻已經輸得一蹋糊塗了，范音音還是絕對不想示弱鬆口，她望著香水爽快轉頭離開的背影，眞想衝過去用力一把狠狠推倒她，讓她被飛馳的車子壓得瞬間血紅，變成一灘爛泥。

但已經沒有用了。

不管她做什麼都沒有用，他們分手了，黃崇已經離開她了，音音愣愣的想，已經結束了，不該是難過的，即使是在香水面前她也沒哭，還好她沒哭，怎麼能讓香水知道她難過！怎麼能讓她知道！

但她的確是難過，難過的不得了，原來黃崇的離開會讓她這麼難過，或許她更難過的是發現這件事。

或許她不自覺的動作都該是一種暗示，暗示她的反常行爲，難以在床上入睡，果汁機，啪擦啪擦的聲音，所有的一切集合在一起，都像是在暗示她說一切已經不一樣了，當黃崇自這個家離開之時，她的所有都開始產生極大的變化，僅僅是一個男人離開了而已，她告訴自己，而且還是一個不愛的男人，她不該爲此改變其他，日子會照常下去的，她把一切都想得很美好很美好，就像只不過是從日曆上撕去一個晦澀的日子一樣，後面的日子還是乾淨潔白，好像一切都可以被揉揉丟進垃圾桶裡。

愛情消失了，范音音想，她身體有多少是關於愛情的部分呢？說不定只不過像是拔去

一根頭髮或牙齒那樣，看不見變化。

愛情的消失的確減輕了她的重量，她驚訝的發現自己眞的因爲戀愛而消瘦，這不是只有青春期少女在苦戀時才會發生的事情？對她來說，這件事卻是在黃崇離開後才發生。

她還是每天爲自己打上一杯果汁，已經成了習慣了，有些習慣不能消失的，消失就會讓人全身不對勁，那一杯果汁，有時是柳橙，有時是西瓜，她總在夜晚躺在餐桌下之後又慢慢的爬起來，像夢遊般的走進廚房，整個屋子裡都是果汁機轟隆轟隆運轉的聲音，多麼熱鬧啊，水果在果汁機裡上下搖晃爆裂，她穿著睡衣，坐在廚房的地板上捧著杯子喝果汁，每天都要經過這樣的時光她才睡得著。

她在等待。

留言

她開始整理房間了，房間不大而黃崇的東西也沒有很多，因此很快就可以打掃乾淨，她把所有的東西裝了滿滿兩大袋，星期六日垃圾車不會來，其實也沒有必要馬上丟棄的，但她就是覺得不舒服，好像很快就會後悔似的想趕快丟掉，她覺得自己幾乎會馬上探頭到垃圾袋裡，去尋找黃崇的蹤跡一樣，太可怕了，不行，她早就發過誓的，她不愛這個男人，再也不愛的，於是她抓起垃圾袋往外面奔去，到處找了一個公園棄置，那種隨處可見的鐵製大型垃圾桶，上面寫著「不得任意丟棄家庭垃圾違者處以三〇〇〇元罰金」，這麼便宜，范音音一邊把垃圾往垃圾桶裡用力壓一邊想，要是可以讓我完全丟掉更多東西再也不會回來，這樣的罰金還算便宜的呢。

還有垃圾，她知道。還有很大的，非丟不可的垃圾。

她不禁有些氣憤了起來，黃崇到底是去了哪裡呢？把所有的爛攤子都丟給她然後一個人不聲不響的消失，完全不顧慮她的心情，至少也把自己的東西帶走吧，不管她一個人待

在這個充滿回憶的地方，每次都這樣，只要自己高興就好，她檢查了一下信箱的信件，有幾封是寄給黃崇的，她一張張的略過那些廣告傳單，最底下的是一張明信片，非常普通的明信片，就像那些旅遊勝地會賣的風景明信片，她瞄了一眼地址，沒見過的，上面的字跡清晰而秀麗，好像還有淡淡的香水味，一定是個女孩，或許是個會對著櫻花喃喃自語的女孩，順便還吟一首詩。

黃崇喜歡詩的，他老是到處去蒐集一些看也看不懂的詩集，那些舊書店或大型賣場，他鑽進去非得要一兩個小時才會出來，她總是站在店門口等他，哪裡也不去的等他，一貫的表情是咬緊下唇望著店裡的他，那個時候的黃崇是看不進任何其他東西的，她仍然保持這樣的姿態望他，這樣他抬起頭來時就會看到她無聲的抗議，不過或許還是微笑的表情比較好，讓黃崇知道自己有多麼善解人意，於是她就不斷在這兩種表情中徘徊不定，而黃崇仍然低著頭繼續選書，他才不在乎她是什麼樣的表情呢！

她就是這樣討人厭，不像香水，范音音不願意比較卻又老是暗自裡跟她比較起來，香水是她見過最直最衝，但和她有相同偏執的女人，偏執，香水說這話的時候面帶微笑，字正腔圓的咬著這個字，音音學著她的腔調，差點咬到舌頭。

「什麼偏執？」
「就是很執著一件事情，執著到歪斜了。」
「這是什麼毛病？」
「不是毛病。」香水玩著她的手指：「妳不懂的，音音，妳一定沒興趣。」
「但我有興趣知道妳的偏執。」
「如果啊，妳愛一樣東西的某一點，那麼不管那樣東西發生了什麼事，妳都會全心全意的愛著對吧。」
「這我不知道呢。」音音笑了。
「我啊，需要全心全意的愛戀眼神，專屬於我的眼神，那雙眼睛裡只能看著我，充滿愛意的看著我，那樣我便會幸福得不得了。」
好像變態，范音音想，但她什麼都沒有說。
「音音，妳不相信我吧，但我就是需要這種眼神啊，不管是誰，就算是歪嘴斜眼瘸子都好，我便會愛他，深深的愛他。」
「妳眞的是個爲戀愛而活的女人。」

「我知道妳不是這種人！」香水說，她又笑了不否認的低下頭。
「小心遇人不淑。」音音開了個玩笑：「妳這麼漂亮，到時候一窩蜂的男人都搶著愛妳，妳又不知道該要哪個，愛錯人可就糟了。」
「這個嘛，我倒是不擔心耶。」
「爲什麼？」
「這個世界上肯專心注視一個人的傢伙太少了，我只要有一分鐘的專注眼神就該偷笑了！」香水嘆了一口氣，好像頗老練的說：「大家都是背對背談戀愛的，誰會眞正轉過來，面對對方呢？」
爲什麼她可以這麼毫不考慮的說出這些話呢，范音音幾乎要忌妒死她了，那是她永遠也說不出口的話，她完全同意香水說的每一句話，然而她說不出口，她無法說出要專屬於我的這種話，即使她想得要命，卻膽小又害怕受傷，於是她唯一能作的事情就是向前走進店裡，站在黃崇的後面走到哪跟到哪，她不會說任何一句話，也不會對他的動作有任何意見，只是沉默的跟著黃崇樓上樓下跑，像他的影子一樣跟著逛過一個個書櫃，很快的，她發現當她這麼做的時候，黃崇停留在書櫃前的時間減少了，更甚至她才一站在他身後，他

就馬上去結帳離開店裡，這算是他終於注意到我的心情了嗎？那個時候的她很開心，但她很快就發現，黃崇再也不跟她一起去任何書店了。

她跟香水的想法果真是如此類似呢！范音音想，難怪她們會愛上同一個男人。

她又把明信片翻過去看了一次，明信片上面沒寫什麼，只是淡淡的幾句好久不見和高中同學會的通知；同學會，黃崇高中的時候是什麼樣子的呢？她忽然瘋狂的想知道，她把明信片釘在牆上。這個主辦人也太寒酸了吧，現在誰用明信片在連絡的，都是電子郵件不然就是簡訊了吧，但自己好像從來沒有收過同學會的簡訊，就連一般的簡訊也很少收到過。

那天約會之後香水傳過幾封安慰的簡訊，內容不外乎是希望她加油之類的話，語尾還加了個笑臉，短短的存在她手機裡，跟那些以前香水傳給她的一起存著，女人總喜歡安慰別人來表現自己，她太明白不過了，看啊，我是多麼溫柔體貼，不需要感激我的，真的，這不是一種女人的母性，那只是一種與生俱來表現自己優越感的方式，特別是在別人不幸的時候，更有加分效果，真是噁心透了。

她低下頭來翻閱著手機裡的那些簡訊，幾乎都是一些公事上的聯絡，已經好久沒有在聽到簡訊聲時，會有飛快跳起來打開的心情了，那樣眼神晶亮或許還懷有期盼的心情，像草原裡伏著身子盯人的小鹿，兩顆黑眼珠無止盡繁殖蔓延的等待著。

黃崇傳過的簡訊只留著一封，她以爲她早就刪光了，但總是會這樣，即使收拾得再乾淨，一定會有任何一丁點的什麼留下，然後在最討厭的時刻跑出來，那是他存在過的證據，人都是這樣的，不管多麼拼命的想要抹滅過去，就像絲絨布上的污痕一般，總會有擦不掉的時候，黑色的一小塊，雖然不清楚，但永遠只能假裝看不見，她原想直接刪除，但想了想還是又按了進去。

「給親愛的音音：

當我的靈魂與妳所明瞭的哀傷緊緊相繫時，我憶及了妳。

為什麼當我哀傷且感覺到妳遠離時，全部的愛會突如其然的來臨呢？」

聶魯達。

范音音看見黃崇自那些文句中走來，那是多麼甜美憂傷的句子，聶魯達的詩，那個時候黃崇最喜歡的了，范音音感覺一泡淚水逐漸在眼中聚集，不是因爲黃崇，不是因爲這些話，而是她終於發現，黃崇曾經給予她的熱烈愛情，那些深埋其中的情感，慢慢的從黃崇端正的字跡中流出來，溢滿她全身。

她再也無法停止眼淚了，在終於了解那些文字的意義有多麼強烈之後，因爲從黃崇離開她的那一刻起，戀愛發生了，更強，更強的愛情產生了。

而現在，她絕望的發現，她已經完完全全的失去了他。

她想起和香水分別時，她喃喃自語的一句話。

「爲什麼黃崇要離開呢？」

「音音，妳眞的不知道嗎？」香水用驚訝的臉回過來望她：「應該說，妳眞的還不明白嗎？」

親愛的音音，那些如戀愛般美麗的字已被淚水濡濕，什麼也看不見了。

名字

香水討厭自己的名字。討厭自己名字的人其實還滿多的，一種是因爲名字太過普通，例如全台灣應該有幾百個怡君跟怡婷一樣，老是隨隨便便就可以被取代，另一種則是名字太美好跟人襯不起來，如什麼「王聰明」、「郝美麗」之類的，尤其是當那人一點也不聰明跟美麗的時候，范音音就是這樣：「我明明五音不全，名字裡卻有兩個音，老是被人取笑！」通常前一種的只能認命當個菜市場名，普通也沒什麼不好，而後一種就不同了，尤其是名不符實的時候，必須忍受每次自我介紹時旁人的懷疑目光，更多的是背負期待和想像。

而香水的理由跟這些都不一樣，她討厭的是過去那個舊的名字，她想要一個全新的名字，脫胎換骨的變成另外一個人。

香水臉上浮起一抹微笑，她現在要去做一件能讓她擁有極大快樂的事情呢！這是她每

個週末最快樂的事情，不需要其他事情讓她分心，她現在只需要專心一意想著能讓她快樂的事情就好，香水拉拉衣服，裙襬飛揚起來，她擠進台北車站的人群裡，誰也不知道，誰也不知道她的快樂是多麼巨大的祕密。

台北的街道彎彎曲曲，即使是在最熱鬧的地帶，依然有著最隱密的地方，香水彎進那樣的巷子，多麼奇妙啊，房屋的摺邊對著另一棟房屋，窄窄的隙縫透過光可以看到更多堆疊的建築，她看見幾隻老鼠跑過去，這座城市到底擠了多少這樣的地方呢？在拼命蓋上去的高樓之下，有更多的房子被塞在隙縫之中，而且幾乎是像長出枝葉般不斷繁殖的，只要是稍微照得到光的地方都滿滿的塞著屋子，簡直像是活的一樣。

香水踏上髒污的樓梯，無視於髒亂的環境，她的心裡懷著一個美妙的祕密，慢慢推開迎面而來的門。

「可以了。」

一個緩慢的聲音，香水抬起頭來，她正坐在長椅上，桌上放著一杯已經涼了的茶，屋子裡什麼都沒有，眼前的老人穿著一件背心，褲頭鬆垮垮的拖拉著，從房裡探出頭來喚她

進去。

那是一間畫室，四周潔白的牆壁和剛剛的髒污感覺不協調起來，好像走進了另一個世界。一個畫架孤零零放在旁邊，擺著炭筆跟撕開一半的饅頭，老人跟著她進去，好像極爲疲累的坐在畫架旁的椅子上，香水脫了外套，她還是有些緊張的，轉身走到畫室中間，對著老人微笑一下。

她已經來過這邊不知道幾次了，但的確是最近才開始的，眼前的老人開始作著準備工作，香水不知道老人的名字，雖然總喚他老人，但老人也不算老，頂多也不過是可以當她爸爸而已，哪算很老呢？但他堅持要香水這麼叫他，老人叫著叫著叫久了，好像也眞的被叫老了，他的白髮越來越多，看起來倒像是個眞正的老人。

老人是個畫家。他自己說的。

香水當他的模特兒一天可以賺一千五，不是很好的行情，這點錢對香水來說，也沒什麼實質的幫助，雖然不需要做什麼多餘的事情，只是站在那裡，而她也不是因爲錢，因爲她喜歡。

這是她的祕密，她從來沒有告訴任何人她有做這樣一個工作，連音音也不知道，更不

用說她以前的情人，現在還處於曖昧狀態的情人，或是任何人都不知道，這是她心底愉悅的祕密，不是爲了錢的，沒有人能夠了解她，她也不希望有人來問她爲什麼，哪那麼多爲什麼呢。

「脫掉。」

裸體模特兒，她不知道有幾個人能接受這樣的她，每次都說著現在社會很開放了，她就不信說出實話後，哪個男人不會用有色眼光看她。

香水慢慢把身上的衣服脫掉，像剝掉皮膚一般仔細的脫著，她脫得很緩慢，她知道這樣可以引起注意，不管是哪一種注意，能讓呼吸都變得急促起來，她以前的情人最喜歡看著她自己脫去衣物了，像一場春光表演般，衣物滑過她的皮膚，發出一股香皀的氣味，她毫不遮掩的，將私處的單薄衣物也爽快除去，不過就是一團黑茸茸嘛，像小動物的毛，沒什麼不能看的，只是總因爲過度遮掩而讓人有神祕的幻想，比起那個地方，她的大腿說不定還更好看。

她低頭看著自己像打開禮物層層包裝的身體，發著白玉的光，她幾乎是自戀般愛著自己這副女人的身體。

軟滑的皮肉伸展，身體弓成一個流利的線條，香水作一個扭腰的動作定格，不能太艱難的動作，她不是專業模特兒，沒辦法支持那麼久的，但論身材也不比林志玲差吧，每個女人都愛不斷比較的。

屋子裡很安靜，陽光慢慢黯淡下來了，她感到四周的景物正在逐漸暗去，脖子有些酸麻，即使已經做過很多次了還是不習慣，實在很安靜，太過安靜了一點，好像外面發生什麼事情都跟這裡毫無關係，整個世界只剩下筆畫在紙上的沙沙聲，還有老人粗重的呼吸。

她望向老人的眼睛，專注的在她與畫紙之間來回穿梭，老人的眼裡散發著光芒，看著她的眼神像是要穿透皮肉燃燒血液，瞬間直達骨頭一般，她知道此刻老人的眼睛裡只有她，沒有其他人，她柔軟的軀體會在他眼裡燃燒起來，灰燼滴落在畫紙上。她愛極了，她就是要這種視線，這種火熱得灼人的視線，全身所有包括毛細孔的注意力都在她身上，這就是她需要的！

香水感覺下腹燥熱了起來，她伸出舌頭來舔舔發燙的嘴唇。

老人依然專注的畫著，筆沒有停過。

她需要愛，她在每一次旋轉的身體裡都發散出這樣的氣息，她好想就這樣衝上頂樓對

著全城市的人大聲喊叫，你們這些傢伙，沒有愛怎麼活呢？

香水一直是這樣的女孩，她自己也非常清楚不過，戀愛幾乎就像是她血液的一部分，順著白血球紅血球，在她的血液裡鑽竄流動到全身，她的眼睛隨時都睜著，尋找任何一個戀愛的可能。

是從什麼時候開始的呢？這種幾乎原始野獸的本能。人類的本能不該是戀愛而是性愛，藉由交配來繁衍下一代，傳說古時候某個民族或許是很多個，每年還有固定的交配期，女人自動的會到洞穴裡等待，到了月亮升起的時候，族裡的男人就會走上山坡來，隨便的進到洞穴裡去，這是隨機的，不管洞裡的女人是哪一個，男人和女人默默無言的會面，無關乎長相或大小，就只爲了相同的那一件事，原始的本能讓他們知道該怎麼做，於是那個交配期開始了，那一段期間洞穴裡總是飄蕩著精液和分泌物的氣味，濃濃的飄散開來。

原始的女人很聰明，她們知道什麼時候懷孕對她們最方便，不會妨礙到工作，幾乎是像春夏秋冬那樣精準，無關乎愛情，只關於本能。

香水讀到那個故事的時候，有好長一段時間揣測著那些女人的心情，女人抬起頭來，感覺到月亮已經出來了，她的心跳開始不自覺的變快，洞口出現了一道長長的影子，一股男人的汗味飄送進來，女人屏息的看著那人，臉部模糊看不清楚⋯

女人想過嗎，期待過誰走進自己的洞穴嗎？是那個總在農忙時幫他一把的男人，還是她自幼偷偷窺視過的對象？在黑暗中只有喘息聲，女人是否會悄悄伸出手來，撫摸男人的眉眼？

此刻，女人心裡想的人，會是誰？

當天微亮，女人看著男人慢慢走出洞口，空氣裡瀰漫混合的腥味，她是否會在心裡產生一種戀愛的自覺？對這個男人。

香水相信有的，男人或許沒有，那些裝滿精蟲的腦袋比女人鈍多了，當男人只有性慾跟食慾的時候，女人已經懂得愛情的慾望了。

那本鄉野奇譚的書，香水雖然只看過一次卻牢牢記得，她喜歡到處找莫名奇妙的書來看，尤其是學生時代，那些教科書之外的世界，簡直讓她不想回來了。

而她的愛情，香水的愛情源自一雙溫柔的眼睛，高大俊帥的父親，身上有著淡淡的菸

味，沒刮乾淨的鬍子刺痛著她，父親總在夜裡低下頭來爲她蓋好被子，那雙映著她的眼睛溫柔似水。

然而父親的離去是沒有知覺的，她有一段時間非常的恨母親，那個只會對著神桌哭泣的女人，母親把她抱過來，臉上濕黏的淚水流到她鼻頭，她掙扎一下別過頭去，聽見母親伏在她肩膀哀哀的哭。

父親不要她們了，他離開了。那些著魔的字眼讓香水跳起來，不可能的，她瞪著母親。母親的臉枯黃垂落，是眞的。她尖叫起來，父親不會離開我，他愛我，他愛我！

那時的香水連愛究竟是什麼都不知道呢，他不愛妳了，母親的臉像個巫婆一樣尖銳，多麼可怕的臉，他不愛我們了，他不愛我們才會離開的……

不是，妳騙人，妳搞錯了，香水雙腳亂踢的在地上撒起潑來，母親只是愣愣的看著她，好像羨慕著這樣發洩的方式，可以這樣肆無忌憚的潑鬧，在地上打著滾，不知向誰哭訴那些回不來的東西。

妳搞錯了，母親，父親當然不愛妳，妳除了哭之外什麼也做不到，香水流著滿臉的眼淚陰狠的瞪著母親。

在香水知道愛這回事，是在她們母女獨立生活之後，她穿上隔壁姊姊穿舊的制服，洗了又洗泛黃的顏色，就像是玻璃紙被硬生生剝去一樣，她身上的色澤就是跟四周的同學不一樣，朝會時總在一群排得直挺挺的學生裡顯得突出，老是被叫到最後面去。

炎熱的太陽，她的汗流到眼皮底下，眼前是熱烘烘的黑色後腦杓，後腦杓緩慢的搖晃著，她看不見台上是誰在講話，她根本就什麼都看不到。

等她從朝會上退下來之後，身體熱辣辣的，不知道是不是太陽在作祟，那個時候大家都喜歡在朝會後把手放在頭頂上，頭頂滋滋的，像在燙熟荷包蛋一樣，大家笑著這麼說，彷彿可以減緩頭髮被燒焦的疼痛，於是香水一邊用手蓋住頭頂，一邊朝女生廁所走去。

廁所都沒有人，她照了照鏡子，鏡子裡的她紅著臉，但她很明白是有什麼不一樣了，有什麼發熱著，她走進廁所關上門。

現在當香水想起那一刻，充滿激動與不可思議的那一刻，她是多麼的慌亂而無助啊，腦袋裡亂烘烘的，不能明白那其實是種喜悅，對某些事來說。

她扯下內褲，發現潔白的底褲上沾著一絲血跡，艷紅的血跡，像是會流動一樣，緩慢的暈染開來，一滴，兩滴，無不是在鄭重宣告著，這個女孩產生了什麼樣神奇的變化。

香水的改變就從那時開始，當她看著鮮血滴落，比慌亂失措更多無法解釋的情緒卻在她心裡緩緩升起，她的雙頰酡紅，眼裡滿載戀愛般的眼神，那股思緒跟著血液從她的體內流洩出來，一發不可收拾。

是否從那時起，她的戀愛本能就跟子宮一起覺醒了呢，香水只知道她從那時起，整個感覺都跟以前不一樣了，自己好像也變得不同，當其他女生還在交換貼紙，還在收集偶像照片弄成滿滿一大本的時候，她已經悄悄成長，眨著無辜的睫毛，對著周圍的男生輕輕笑。

國中的香水第一次和男孩子接吻，那個男孩有著濃濃的體味，是否所有還未長大的男孩子都是這樣，整天把自己搞得汗水淋漓，好像除了流汗外就沒事可做，進到教室都叫人必須摀著鼻子上課。

但香水不在乎，相反的，她愛極了這種味道，男孩的味道從汗水經由毛細孔汩汩流出，她好喜歡，幾乎深深著迷，他把男孩再抱緊一點，瘦弱的前胸緊貼住她已在發育的胸部，她感覺到男孩的緊繃，從下體一陣陣傳送過來，她們兩個都很笨拙，擠在圍牆的角落裡，呼著彼此的氣息，牙齒跟牙齒相碰的聲音，男孩窘迫的閉上眼睛，摟住了香水嘴唇緊

緊的貼過去。

但香水沒有閉眼，她想看清楚那一刻，在聞到男孩強烈的味道時，她想起了一雙眼睛，記憶中有過的一雙眼睛，溫柔似水的眼睛。

香水哭了，男孩以爲她是因爲初吻而哭泣，緊張的滿頭大汗，只能拍著肩膀安慰，但不知全然不是那麼回事，香水就是這樣，總教人摸不著頭緒。

她想，是否就因爲那雙眼睛的關係呢？那雙眼睛裡盈滿了太多愛意，即使過了那麼久之後仍然清晰可見，那個人是深愛著她的，香水知道，自己有多麼需要人愛，多麼需要那種眼睛。

而等她大到可以替自己取名字的時候，香水就不再用自己的本名了，還好這個城市對眞實的東西似乎也不怎麼在意，她只需要在領掛號的時候忍耐郵差的叫喊，在塡報名表或是履歷時快快寫上自己的名字，她討厭的是過去那個舊的名字，那個跟著母親一起被父親丟棄在舊家的名字，她需要一個全新的名字，脫胎換骨的變成另外一個人，香水，父親身上老是聞得到淡淡的香水味，她要變成那樣的香水，永遠揮散不去。

而這一切，包括新的名字，都是爲了有著溫柔雙眼的父親。

香水吐了一口氣，開始感到寒冷起來，過了多久呢？老人抬起頭來示意她換個動作，她歪歪脖子，索性坐了下來，將雙腳往前伸出，微彎呈大字型，她仍是一絲不掛的，多麼誘惑人的姿勢啊！

老人繼續畫著，只有在畫她的時候，老人的眼睛才會發光，平常也是鬆垮垮的垂著，連眉毛也懶得抬一下，他的眼睛只對模特兒的她有反應，只對那樣子一件藝術品般的她有愛情。

但那又有什麼關係呢？香水忍住即將打出的噴嚏，專注的保持自己完美的姿勢，充滿愛意的眼神有那麼好找嗎？起碼她不覺得。她喜歡戀愛，喜歡跟很多人戀愛，每個接觸的男人都可能是她的戀愛對象，但她要的不是男人的心，是眼睛。

一開始香水覺得很簡單，她年輕漂亮，沒有理由不愛她的，她的第一任天秤座男友撐著下巴望向她，眼裡好像可以倒出蜜來，多麼動人，這就是愛情的迷人之處，天秤座男友牽起她的手，香水覺得幸福得要飛上天了。

但是天秤座不愧是天秤座，多麼公平正義啊，他把所有東西都分配得好好的，包括自己。分給工作五〇%，分給香水五〇%，香水發現正在工作的男人眼裡沒有對她的愛，開

始生起氣來，不是這樣的，她要的是一○○%，完整的一○○%，不是什麼五○%裡的一○○%，那是什麼啊，難道一○○%的果汁裡會滲水嗎？

天秤座男人無法理解香水的忿怒，香水不知怎麼解釋，她要的是愛，只是愛而已，當男人的眼睛望著她時，要全部的愛。

香水很慢才發現天秤座的男人已經望著別處了，不過他也很公平，分給香水二五%，另一個女人也是二五%，香水當場就把桌上一杯濃縮柳橙汁往天秤座男人臉上潑去，讓他自己去嚐嚐看滲了水的東西是什麼味道吧。

天秤座男友無法做到的事情，第二任的魔羯座男友也無法做到，總是沒有一雙只注視著她的眼睛，她覺得煩了，水瓶座射手座通通都這樣，她交過的男友排成一片美麗的星空，在春夏秋冬的季節裡重複運轉。

香水張開手指，談過的戀愛次數應該連腳趾頭都不夠數吧，但她還是找不到，心空空的缺著一大塊，隨時都處在戀愛狀態的她，總是少了什麼東西找不到，於是她只好繼續去戀愛，跟很多人戀愛，找尋那一雙盈滿愛意的眼睛，溫柔似水的眼睛。

直到她遇見老人。

她不知道老人的一切事情，老人或許也對她的私事沒興趣，她告訴他自己叫香水。

「喔。」老人點點頭似乎並不打算喚她。

老人換了一隻碳筆，地上的畫已經越疊越高了，香水又換了一個動作，身上已經全部都是汗，滑膩膩的，她想還好自己現在是光著身子的，但又爲什麼會流汗呢，她感到身上的皮膚緊繃著，難以呼吸。

老人的眼睛很漂亮，在那些緊縮的皮膚上顯得特別漂亮，亮晃晃的，香水可以看到自己的倒影，像水晶的影子一樣晶瑩，她忽然很想知道當這雙眼睛燃燒時，會是個怎麼樣的情況。

遇見老人的時候，她有至少兩個在曖昧中的情人，她忽然發現她還是喜歡這種曖昧關係，有些距離更好，至少男人在見她的時候是全心全意的，過了那麼久，她現在已經很老練了，很快就能分辨的出什麼是熱烈的愛意，只消瞄一眼便能察覺男人的心思，接著判斷該不該繼續下去。

老人不一樣，她第一次做他的模特兒是穿著衣服的，只有腳被畫進去而已，老人蹲在地上畫她的腳，保持那個姿勢好幾個小時，香水看見老人的眼睛，多麼閃耀啊，眼睛裡滿

滿都是她，戀愛的空氣充滿在四周，她幸福得幾乎要暈過去了，眞有這樣一個人，眞有這樣一個男人會如此注視著她，她幾乎以爲她要愛上他了。

老人不愛她，除了繪畫的時候，他的眼睛是半開著的，就連香水在她面前換衣服他也看都不看一眼，只要手上沒拿畫筆，他就好像瞎了一樣，對什麼東西都不感興趣了。

香水將這件事當作一個巨大的祕密，她沉溺於老人熱烈的眼神，每個禮拜一個人走來這間破舊的畫室，她願意的，非常願意，在這間畫室裡關上門，她就是神，是女王，老人崇拜般的描繪著她，像那些中世紀的畫家一樣，而她，只需要不吝惜的展現她的美好，無與倫比的快感充斥著她，她貪婪的享受那種感覺，像一隻巨大的獸，吃多少都不夠。

老人或許在利用她吧，但她又何嘗不是？沒有其他的男人能滿足她這種欲望，巨大的慾望，黑暗的欲望，像潛入深深的海底，卻發現海原來不是藍的，那是陽光的騙局，海是黑的，強烈的黑，足以將人整個吞下去，葬身黑暗裡。

是啊，誰都無法滿足她的，這種近乎變態的感情。

老人終於停筆了，香水看到老人的臉上明顯露出疲態，眼睛也垂下去了，她趕忙站起身來，腳意料之中的酸麻，她得非常勉強才能直起身子，取過掛在一旁的毛巾擦拭身子，

黏膩的讓她很不舒服，多想趕快沖個澡，但這裡什麼都沒有。

他們像兩個毫不相識的人一般，剛剛畫室裡充滿的情感已經不見了，只是空洞洞的房間，什麼都不剩下，他們的愛情從老人收回眼神的那一刻就不見了，好像從來沒有存在過，老人只是低著頭整理畫具，身邊的畫堆得跟小山一樣高。

香水也不多看他一眼，現在只不過是個糟老頭而已，她匆匆穿上衣物，背上包包推開門，屋外吹來一陣寒風，她急忙直衝下樓。

老人仍然在她背後收拾東西，那些畫她連一眼也沒有興趣看。

香水在上班之前撥了個電話給黃崇，她想總是要關心一下的，以她和黃崇的關係，黃崇總不可能不接她的電話，然而電話很快就進入語音信箱，香水又打了第二通結果還是一樣，她心裡嘀咕著，該不會眞的人間蒸發了吧。

人間蒸發。她想起范音音的臉，心臟撲通撲通的跳著，她很明白范音音會作出什麼事情，或許惟有她才能明白這種心情吧。

她點開網路，快速的把今天和前幾天的新聞都看過一遍，沒有異狀，沒有發生什麼自焚或無名屍或駭人聽聞的案件，她呼了一口氣，正想拿起咖啡喝的時候手機就響了，她跳起來接電話，是黃崇。

「喂？」她聽見電話那端傳來穩穩的呼吸聲，卻很安靜：「黃崇嗎，你在哪裡，幹什麼去了啊！」

電話那頭依然安靜著，停了一下，一個平緩的聲音出現：「是我。」

香水全身顫抖起來，血液幾乎要凝結，電話那頭是范音音的聲音，像凍結的湖面冰冷不帶一絲情緒。

「音音。」香水覺得喉嚨好乾。

「妳打給黃崇作什麼？」她的聲音炸得香水耳朵作痛。

「我…只是問他現在人在哪裡。」

「知道了以後要幹嘛？」

「沒幹嘛啊…妳，怎麼會有他的手機？」香水努力想轉移話題。

「他的手機一直都在我這裡。」

「那不就不能連絡他了嗎？」

「妳很想連絡他嗎？」范音音的聲音隱約有著怒氣。

「我沒有，我是替妳想。」

「替我想？」范音音冷冷笑著：「妳也會替我想？」

「妳今天是怎樣，吃錯藥了嗎？」香水按捺著想掛掉電話的衝動，不行跟她吵，忍耐

了這麼久跟她吵就失去意義了。

「我等妳下班。」范音音簡單說完就掛上了電話，香水望著嘟嘟作響的手機，黃崇的名字還在閃爍著，但她已經沒力氣再去想些什麼了。

這幾天一直都很奇怪，范音音老是覺得有什麼事情被她忘記了，她在垃圾桶裡找到一個杯子，破掉的杯子，玻璃細細碎碎的躺在垃圾袋裡面，眞是危險，她什麼時候自己把杯子弄破了都不記得，她蹲下來用報紙把杯子包起來，這樣子會割傷人的，她不能用玻璃杯喝果汁了，於是找了個很不搭嘎的咖啡杯出來。

不只是這個杯子，連櫥櫃裡的盤子也裂了好幾個，臥室窗戶也碎了一大塊，玻璃四散在房間裡，她只好趕緊穿上拖鞋以免踩到流血，到底是怎麼回事呢，屋子裡破掉的東西越來越多，到底是誰跑進來打破的？

她很少打破東西，記得最清楚的一次是跟黃崇在家裡吃飯，她燒了很好的一頓飯，有牛排還開了一瓶紅酒，平常很少這個樣子的，她興致勃勃的用馬鈴薯泥在牛排上裝飾花樣，黃崇只是站在廚房門口看著她做，一臉什麼話都不想說的樣子，他是太累了，范音音

知道，他上了一天班下來一定很累了。

「音音，我有話跟妳說…」

「先吃飯好不好，我做好了。」

「妳…」

「可不可以把櫃子裡的瓷盤拿出來用?」她打開櫃子。

「那個不是…我不是跟妳講過了，那個是朋友做來送給我的，手工的，不是拿來吃東西用的。」

「可是那個顏色跟餐桌很搭啊。」

「不行，那個是我重要的東西。」黃崇轉身消失在她的視線裡：「而且隨便吃就好了，根本不需要這樣，妳以爲…」

范音音用力把盤子搬出來，那是純白的瓷盤，因爲沒用過所以乾淨得不得了，不過兩個盤子疊在一起重得驚人，看起來也很脆弱好像一摔就破，范音音把盤子斜放在流理台的邊邊，慢慢的往上面堆疊刀叉，然後望著盤子從她眼前掉落，在地上噴出一朵純白的花。

她聽見黃崇急促的腳步聲，接著是他驚訝的臉出現在廚房門口。

「對不起。」范音音說：「我沒有注意到它會破掉，不知道它這麼耐不住重，我不是故意的。」

黃崇一句話也沒說，蹲下來拿過報紙開始撿拾碎片，他的手被割傷了，紅紅的血冒出頭來。

「你的手受傷了。」她加重語氣：「我…我不是故意的。」

「我知道。」黃崇露出疲倦的微笑看著她：「是我該對不起。」

她想到這裡，幾乎要流下眼淚來了，黃崇爲什麼要對她那麼好呢？

她不應該打電話給黃崇的，香水想，更慘的是還被范音音接到，這樣不是表示她一點籌碼也沒有了嗎？

香水拉開窗簾又合起，小心的把自己藏在陰影中，她沒看見范音音，或許她還沒來，那麼表示自己有足夠的時間可以逃走，她七手八腳把桌上的東西全掃進包包，關上電腦，今天一整天什麼事情都做不好，但只要離開這裡就結束了，她沒必要見到她，眞的沒必要……

「香水！」公司的前輩轉過來叫她：「外找。」她看見范音音站在櫃台，身上穿著一件刺眼的黃色洋裝，偏著頭向她微笑。

「妳下班了嗎？」范音音問：「我記得，妳都這個時候下班的。」

「是啊。」她當然記得了，香水恨恨的想，從那個時候開始，她早就清楚自己所有作息時間的不是嗎：「妳特別上來找我啊。」

「是啊。」

「好開心喔，那我們走吧。」香水把包包甩上身，跟公司裡的人打過招呼以後就跟著范音音離開，兩個人一前一後的走著，范音音一句話也不再說的慢慢彎進附近的巷子裡，在一家BAR前面停下。

「這是什麼店啊？」香水抬頭看了看招牌：「Friendshit?」

「我偶然找到的，很不錯的店名吧。」范音音推開門走了進去，爵士樂輕柔的流洩出來，現在還不到夜晚喝酒的時間，因此店裡沒什麼人，她們在吧檯分別揀了位置坐下，一段滯悶的空氣流動著。

「要什麼？」面前的酒保留著短而薄的鬍髭，胸前的鈕扣微微敞開露出鎖骨，把酒

單推到她們面前露出牙齒微笑，香水想，這個人的聲音還眞好聽。「我們這裡嚴選數十種進口基酒，讓訓練有素的我爲您調配最適合自己的飲品，除了特調酒品之外，也有進口香檳、現打冰砂，及多種現榨果汁……」

「我要白色俄羅斯，香水妳點黑色俄羅斯好嗎？」范音音打斷酒保的話，看都不看酒單一眼。

「我想喝長島冰茶。」香水懶懶的瞄了她一眼。

「這樣我怕妳回不了家喔。」范音音溫柔對著她笑。

「那不是正好嗎？」香水冷冷的望著她，轉過頭對酒保說：「我要長島冰茶，給她白色俄羅斯。」

「不，我也要長島冰茶。」范音音把酒單推到一旁堅定的說，酒保看了她一眼沒說話，轉過身去調製。

「妳最近都在幹嘛，有沒有好好睡覺？」香水是受不住沉悶的氣氛的，於是只好先開口。

「有啊，我都睡在餐桌底下。」

「妳幹嘛睡在餐桌底下？」

「在床上睡不著。」

「睡在餐桌下也不會比較好睡吧！」香水嘻嘻的笑起來。

「我去參加黃崇的同學會了。」范音音忽然插了這麼一句話，淡淡的，香水愣了一愣，酒保轉過身來送酒，長島冰茶沉在杯裡濁濁的淺褐色，她用力插進吸管大口喝起來，好冰。

「這酒要慢慢喝。」酒保望著她。

「你以爲我沒喝過嗎？」香水沒好氣的說。

「看起來像是沒喝過。」

「無聊！」香水又喝了一大口，范音音沉默的望著她：「然後呢？」

「然後？」

「妳去參加黃崇的同學會之後。」

「老實說，我從來沒參加過同學會，所以也不知道應該穿什麼衣服，這讓我傷腦筋了很久呢。」音音說。香水望著她的眼睛，看見她上了一層淺白的眼影，在搖曳的燈光下顯

得妖異極了。

「誰叫妳沒朋友。」

「妳不也沒朋友？」范音音很快的酸回去。

「誰跟妳一樣沒朋友。」香水冷冷的說，但她是真的沒朋友，她自己也知道原因，女孩子之間的感情是非常微妙的，幾乎跟戀愛一樣複雜難解，當香水熱烈的投入一場戀愛時，她是消失的，在女孩子之中她的空位缺席著，然後在不經意之間被什麼人給填滿，或許根本沒有填滿，不過是在磨擦中被填平了，等她回來之後，女孩子已經是對她冷淡而客氣了，拒絕著她的進入，而她渾然未覺，因爲自己很快的馬上又全力的投入另一場戀愛，速度之快讓她來不及注意周遭的發展，只能注意著自己，就這樣，等她畢業之後才發現，自己聯絡簿裡的大學同學用一隻手可以算得出來，想來自己沒有朋友這一點也算原因，她太自我了，總把自己的事情放在第一位，但誰不是這樣的呢，只是如何掩飾跟掩飾的好不好而已。

除了對范音音，她和范音音至今能維持這樣的關係，就在於她們不斷的跟彼此掩飾吧。非掩飾不可的。

於是范音音仔細對香水敘述起那場同學會，但有些前置作業是不能告訴她的，而她倒是沒想到要混進一場同學會有那麼簡單，眞的是很簡單的，她先去查了黃崇的高中畢業紀念冊，後面都有聯絡電話，接著一個一個打電話給每一個女同學，這是需要經過篩選的，她假裝成主辦人仔細的詢問著。

「同學妳好，請問妳知道辦同學會的訊息嗎？」

「嗯，知道。」

「那請問妳參加的意願？」

「嗯，我可能沒辦法去喔。」

「那請問妳有跟班上其他人聯絡嗎？」

「好像都沒有…」

「我知道了，謝謝妳。」范音音快快的掛上電話，太好了，沒想到這麼快就被她找到，她在畢業紀念冊上的名字用力畫了一個圈，林曉玉，這麼一個普通的名字，她看了看照片，照片中的女孩穿著制服，嘴角不自然的微笑，她拿不定主意這樣的女孩該是穿什麼衣服化什麼樣的妝。

同學會場地約在公館的一家麻辣火鍋店，她故意先站在遠處等個十分鐘，望著門口一群人，慢慢走過去小聲開口說我是林曉玉我遲到了。

她幫很多人倒飲料，端菜夾水果，在每一桌像個服務生團團轉，不讓任何人有機會問她問題，一面招呼一面暗自將照片的記憶和臉對起來辨認名字，有人說曉玉妳眞好怎麼變得這麼貼心，她就立刻微笑然後說：「對了怎麼沒有看到黃崇呢，你有跟他聯絡嗎？」

「妳怎麼有辦法做到這種程度？」香水忍不住插嘴，她面前的長島冰茶已是第二杯，而范音音動都沒動酒，她得放慢喝酒的速度才行。

「沒有什麼有辦法沒辦法的。」

「她們都不覺得這個『林曉玉』長得跟以前不一樣嗎？」

「他們說幾乎都快認不出妳了，我說可能是今天的妝比較濃一點吧。就這樣。我自己也沒想到會這麼簡單。」范音音隱隱有些得意。

「那，妳有找到黃崇或問到他在哪嗎？」香水猶豫了一下還是主動提起。

「沒有。」

「妳本來以爲他會去？」

「算是吧。」

「喔。」香水沒有再問下去，轉過來望著吧檯，店裡的人還是沒有變多的趨勢，那個酒保很閒的在洗杯子，她注意到店裡放的音樂一直在重複播放都沒有換過，於是忍不住叫了酒保：「喂！你們換張ＣＤ好嗎？」

「我們店裡只有一張ＣＤ。」酒保停下洗東西的手。

「搞什麼，這是什麼爛店啊。」

「這就是一家爛店。」酒保一臉正經的說：「Friendshit般的爛店。」

「香水。」范音音說話了：「妳眞的，不知道黃崇在哪裡？」

「嗯。」香水眼睛還是望著吧檯：「妳都不知道了，我怎麼會知道？」

「那妳爲什麼要打電話給他？」來了，香水知道范音音兜這麼一大圈就是要問這個，她勢必得給她想要的答案。

「我說了啊，我是替妳想。」香水的眼睛看起來很乖巧。

「我說過不希望你們私下聯絡的。」

「所以我們沒有在連絡。」

「從那個時候開始，我就說過不希望你們私下聯絡的。」范音音加重了語氣，講話像是咬著牙般，一字一句都是從齒縫裡逼出來的。

「所以我說我們沒有在連絡！」香水冷冷的說：「怎麼了？妳這麼在意他啊？」

「爲什麼不？」

「妳不是不愛他嗎？」

「是啊，我一點也不愛他。」

「那妳幹嘛……」

「我就算不愛，又關妳什麼事！」范音音大叫起來，聲音之大讓酒保頻頻轉過來看她們：「妳說啊，妳管什麼，到底關妳什麼事？」

「是不關我的事。」香水看見酒保和吧檯隔著一點距離，隨時要衝過來的姿勢，是怕她們吵起架來把杯子打破吧，她們看起來像什麼呢？仇人？情敵？還是快要絕交的好朋友？

「那就好。」

「所以，妳真的不知道黃崇在哪裡？」香水把杯子裡最後一點酒喝光。

「我知道還要問妳嗎？」

「妳眞的不知道？搞不好妳只是忘記了也說不定。」香水翻了翻包包，拿出貼滿假水鑽的手機，撥弄幾下放在吧檯，一下一下的閃著光。

「我最近的記性是眞的不太好。」

「所以或許，其實是妳忘記黃崇在哪裡的。」香水從吧檯的高腳椅上跳下來，像喝醉般一搖一擺的走著：「我要去洗手間。」

范音音望著香水的背影消失在洗手間，立刻把手伸向她放在桌上的手機，那是掀蓋式的**OKWAP**，她以前也用過幾次，目錄，進入電話簿，尋找，她快速翻閱著每一個陌生的名字，公司，客戶，家用電話…她的手指很冷靜的查找著，終於在最後找到一個名字，ＪＪ。

「給我一張紙，還要筆。」她抬頭對著酒保說。

酒保轉過身在櫃台找出拍紙簿撕了一張，連同筆一起遞給范音音，抬頭看見香水站在遠處洗手間的門口，絲毫沒有要走過來的意思，她的頭斜斜的靠著牆，視線卻動也不動的望著這邊，看著范音音把ＪＪ的電話一字不漏的抄在紙上，然後又快速按了按手機，輕輕

放回吧檯，下了椅子走向櫃檯結帳，香水一直等到范音音離開店裡五分鐘之後才走回原先的座位。

「妳的朋友走了。」酒保把范音音留下的那杯酒倒進流理台。

「我知道。」

「她只買自己的單喔。」

「我知道。」香水拿起自己的手機檢查，果然范音音把她打去黃崇手機的電話記錄刪掉了，她就知道：「再給我一杯長島冰茶。」

「會醉喔。」

「我剛剛都喝得很小心的，現在才能放心喝酒，你倒是不用擔心。」香水看著酒保俐落的動作：「謝謝你剛才沒有阻止她。」

「一個好的酒保是不會去影響客人的任何動作的。」

「那就好，我以爲你會去阻止她呢，因爲你很多話，看起來有些囉嗦。」

「一個好的酒保是要懂得觀察客人的需要的。」酒保將長島冰茶推到她面前：「我很習慣這種事情了。」

「什麼事情？」
「妳知道我們的店名是什麼意思嗎？」
「Friendshit？朋友是大便？」香水隨口說著。
「妳那樣講太不文雅了。」
「唉，你叫什麼名字？」香水問。
「我叫峰。」酒保念著自己名字的聲音也一樣好聽。
「好吧，峰，你告訴我Friendshit是什麼意思？」
「像屎一樣的朋友關係。」
香水愣住了，過了半晌開始笑出聲音：「哈哈哈哈哈，眞是太好笑了，有趣，哈哈哈哈哈簡直太有趣了！」范音音必定是知道這個店名，才會帶她來的吧。
「很貼切吧。」
「簡直再貼切不過了！這就是我們！」香水對著眼前那杯酒笑著：「Friendshit，『像屎一樣的朋友關係』，這就是我跟范音音從一開始到現在的關係啊！」

愛的字眼

這是怎麼回事，ＪＪ自己也弄不清楚，只能站在客廳裡鬆鬆領帶，做一些稀鬆平常的事情，但他根本就沒有要戴領帶，又沒有要出門，他只是無意識的把領帶打好又拆掉，拆掉又打好。

他無法分析目前的狀況，這簡直把他整個搞亂了！他最不會應付突發事故了，讓他無法事先準備的結果，就是把一切搞糟。

他點起一根好久沒抽的菸，說好要戒菸不知說了多少次，可不能讓班上的學生聞到他這股菸味。戒菸就跟克制性慾一樣，越是把那種感覺硬壓下去，就越是容易被挑起來，非常容易的，尤其是在躁鬱的時刻，譬如失眠的夜晚，譬如現在。

是的，現在，此時此刻，他捏著半包菸坐在客廳裡，他又抽起一根，看了煙霧緩緩上昇，搞不清楚自己到底在等什麼。

或許這一切都要追究到之前，多久之前呢，ＪＪ已經忘記那是幾月幾號，雖然身爲高

中教師的他是該把日期記得清清楚楚，才能知道哪個日子該考試，哪個日子該開始複習，但他從沒搞清楚這檔事。

不知道是從什麼時候開始，或許根本沒有一個確定的日期，他的衰運已經持續好一段日子了，好像從他的生日過後不久。奇怪了，又沒有逢九，中國人不是很迷信嗎？說逢九會逢不幸，明明也沒有，難道人長大了就不該慶祝生日嗎？

他在一個小學校裡教書，教的是高中生，今年才上任的，已經不只一個朋友在聽到他的新工作之後對著他搖頭了，你不適合，ＪＪ，不是我要說，你想清楚吧，你眞的不適合當一個老師……

不用他們說，ＪＪ也很清楚自己有多不適合這份職業，但就是考上了啊，還嫌咧，台灣有多少流浪教師他們不知道嗎？他知道自己這麼一個怕麻煩又私生活習慣不好的傢伙有多麼不適合當老師，套一句話就是誤人子弟，他實在無法改掉他滿口髒話的習慣。

現在呢？可好了，好不容易才從會議室逃回來，那些老頭，美其名是給他一些教學上的意見，其實也不過看他不順眼罷了！眞是噁心，那個帶頭的老女人嘴臉，看他是新進職員就好欺負！幹，也不看看自己，一個大屁股翹得老高，晃阿晃的，走在學校裡才會讓學

生吃不下飯妨礙學習咧。

不是他有強烈的偏見，女人就是這樣，一旦過了三十就開始變得噁心起來，不是裝年輕就是倚老賣老，管妳是處女不處女，都讓人不想接近，男人不一樣，多好啊，男人四十才開始嘛！什麼毛病也沒有。

辦公室裡清一色都是女人，只是比那個老女人稍微年輕一點，但還是一樣的三姑六婆，看見他進來每個都興奮的抬起頭來，以爲可以聽到些什麼八卦，他剛剛已經被削得很慘了，才懶得搭理什麼，只是一屁股用力朝自己的位置坐下。

桌上還有一堆待改的考卷，他翻開第一張來，屁股還沒坐熱就聽見遠處傳來玻璃破裂的聲音，好大的聲響，走廊上的人群像煮滾的開水一樣嘰嘰喳喳叫著，辦公室裡的老師全都跑出去了，他快筆改著考卷，不想理會外面到底是怎樣了。不及格，不及格！爲什麼這次成績這麼爛？到時後段考又是最後了，每次都是他的班在全高三裡吊車尾，一次兩次還有話講，但現在他的臉已經不知道該往哪擺了⋯⋯

他的朋友們叫他ＪＪ，說他像那個明星林俊傑，他沒特別高興，像那個小眼睛塌鼻子的傢伙有什麼好的！但被叫久他也習慣了，到了班上也這麼自我介紹著，學生們可開心

了，爭著叫他ＪＪ，他們沒有什麼距離，他也總跟一些好講話的男學生勾肩搭背的像哥兒們。是啊，不知道多少老師在背後竊竊私語這種事情了！有什麼好說的，不過就是感情好嘛！那些人渣，總是自己以爲自己高高在上呢，老師和學生不都是人嗎？都是人！

「ＪＪ！」是他的學生，喘著大氣衝進辦公室，他可以感覺到周遭的視線全部聚集在他身上了，媽的咧，看三小啊！ＪＪ在心裡暗幹一聲。

「怎麼了？」

「快…快來…」這個學生微駝著背大口喘氣，他叫什麼名字？他看著眼前蒼白著一張臉的學生，忽然精神有些恍惚，好像在飄…

「到底怎麼了？」

「舒涵，張舒涵…」學生終於有辦法說出完整的一句話：「她，張舒涵把玻璃打破了，血流得到處都是…」

血，ＪＪ這時才看見那個學生的手跟前胸，大片大片的紅沾在毛衣上，手向他揮舞過來，像被吹落的花瓣鋪了滿地都是，那麼多，那麼多…

他聽見尖叫聲，不知道是哪個人嘴裡發出來的，好吵，他想出聲制止，卻發現自己的嘴巴正張大著，他聽見自己的聲音，多麼尖銳，整個地板好像在旋轉一樣，他無法站穩來，幾乎不敢相信那是從他嘴裡發出的聲音，他想用力閉緊嘴巴，不要再叫了，柔軟的舌頭噗嗤抗議著，他嘗到了血腥味，帶著刺痛的血腥味，看見眼前的學生慢慢走過來，那股味道，血的味道……

而他終於想起來，那個學生叫什麼名字。

ＪＪ張開眼睛的時候，四周沒有半個人，暗暗的，他看見窗戶外面的天空還是亮的，稍微放下心來，還好他沒有昏迷很久。

他還記得剛才發生的事，也記得那個辦公室裡最高壯，有兩個孩子的男老師怎麼把他抬進保健室的，除了他之外的男人，男老師的胸膛發出洗衣粉的香味，他們全家人一定都散發出這種味道吧，幸福的，美滿的味道，屬於家庭的味道，他偷偷吸滿了整個鼻腔，然後像是很好眠般睡去。

他知道辦公室的女人們一定又在竊竊私語，這該是個多麼好的題材，等他離開之後

討論便會熱烈的爆發出來，關於他的沒用行爲，喔，他簡直不知道那個可憐的學生該怎麼辦，一定愣在那裡不知所措吧，看著那些被稱爲老師的女人而無話可說，她們每一個都可以幫蘋果日報下誇張又驚悚的標題了。

他看著保健室的天花板，空洞洞的除了一盞日光燈沒有其他裝飾，牆壁上貼著一些ＰＯＰ海報，「登革熱防治法」或是「ＡＩＤＳ是什麼？」，海報上的顏色很鮮豔，與其貼這些海報還不如教學生怎麼正確使用保險套，他想著，如果提出這種東西他大概又會被批到死吧。

他感到自己的背在抗議著，這張床還眞硬，他稍微扭動一下身子，鐵床發出難聽嘎吱的聲音，在空洞的這裡顯得特別大聲，這張床對他而言是太小了。

ＪＪ轉過頭，張舒涵就睡在他的隔壁。

他好半天才認出她來，是他們班上的女生，他對女孩子幾乎沒有什麼辨識能力，會對她有印象只是因爲她是1號，第一個會叫到她，每次點名張舒涵都眼睛睜得大大的盯著他，手舉得挺直的喊「Here！」

HERE，這裡，我在這裡，ＪＪ總覺得她像是在大聲呼喊什麼似的，喊得比任何人都大聲，呼喊著自己的存在，姑且不論她有些怪異的發音，光這件事就讓他覺得這個女孩比其他學生都特殊一點。

但並不是要她那麼特殊，他望向張舒涵的手，藏在薄薄的被子下面，被玻璃割傷該是很痛的，眼前的她眼睛緊閉，嘴角倔強的往下彎，形成一個冷漠的弧線，仔細一看臉上似乎還有一些暗紅色的斑點，那是沒拭淨乾掉的血跡吧，ＪＪ覺得他好像又要暈倒了。

他不是不知道這個女孩的事情，那麼強烈的性子其實是不該談戀愛的，尤其在這麼不成熟的時候，他其實對這種事沒多大興趣，高中生嘛，不想談戀愛才奇怪，而再怎麼說也是自己帶的班級，他就算再漫不經心，也總是會知道一點晦澀的情事，那些在學校角落悄悄上演的，不可告人的祕密之類，只是他沒想到她的個性激烈到這種程度，不過就是男孩跟女孩嘛！有必要把自己弄得受傷流血嗎？這些亂七八糟的小孩子！

小孩子，張舒涵慢慢睜開眼睛，或許其實她早就醒了，才會這麼安靜的看著ＪＪ，彷彿早已知道他在那裡一般。

「睡美人，早安。」ＪＪ懶洋洋的朝她扯扯嘴角。

「你應該沒必要陪我躺在這兒吧。」張舒涵似笑非笑的看著他，但感覺精神好多了。

「哪兒的話呢，妳以爲我這麼愛學生？」

「那你怎麼會在這？監視我的嗎？」

「妳也知道妳需要被監視啊！」ＪＪ調整一下姿勢想睡得舒服點：「不過我才沒這個閒工夫，我是被妳嚇到的。」

「被我？」

「被妳的血！」ＪＪ指指她的臉，作一個要嘔吐的表情。

「喔。」張舒涵會意過來，笑笑：「膽小鬼。」

「是是是，我沒妳大膽，大膽小姐，妳都敢去搥玻璃了，我倒怕著妳呢！」

「幹嘛這樣子說話。」

「難道我還要稱讚妳很勇敢？」ＪＪ朝她撇了一眼，她轉開了眼神。

「…」

「不敢看我？」

「也沒什麼好看的。」張舒涵的聲音悶在被子裡，糊糊的。

「幹什麼妳。何必嘛！這有什麼好激動的，非要搞得見血？」

「ＪＪ，不要連你也在說教！」

「我不是說教，我只是告訴妳，朋友的關心不行嗎？」

「你不懂。」

「我是不懂啊。」

「你們大人都不懂的。」

「又來了，我最討厭聽到這種話了，沒有誰是眞正懂誰的，哪分什麼大人小孩，眞正懂自己的只有自己啊。」

「他就懂！」張舒涵忽然大聲起來。

「誰？」

「他…」

「三班的那個？」

「嗯。」

他懂妳？眞懂妳就不會讓妳受傷，現在還躺在這兒了，這種話當然是不能當著她的面講出來，ＪＪ在心裡嘀咕著。

「那麼，你們不是好好的嘛！」

「我不知道，他好像不再愛我了。」張舒涵鬆了口，一旦把事情講出來，她的武裝似乎也就解除了，音調軟了下來。

「妳知道什麼是愛？」他忍不住插嘴。

「又來了，連ＪＪ你也一樣，把我們當成小孩子！」

他是懂的，他懂得他們有愛情，誰不會有愛情呢，小孩子不過是推託般的說詞，只是一個藉口，藉以解釋那些不夠成熟的感情，他們怎麼可能不想戀愛？

就像他高中時的戀人，在畢業前夕緊握住他的手，掌心冒著熱氣，ＪＪ看著戀人紅通的眼眶，低沉的嗓音，一遍又一遍如鬼魅般的沙啞說著，你要記得我，記得我，永永遠遠的記──得──我，不要忘記，不要忘記啊……

他怎麼能理解那狂熱的光芒呢？即使到現在他還是無法理解，爲什麼非要永遠記得

不可？那些叫做承諾的字眼讓人感到窒息，不是甜蜜的字眼，只讓當時的他感到極端的害怕，那像從地底深處傳來的呼喚，已經不是戀人間的絮語了。記得我，記—得—我，猶如一隻枯黃的骷髏緊抓他不放，非把他往下拖不可。

於是他用力的甩開了那隻手，奔逃而去。

是的，那是愛，他由衷的知道，那樣尖銳甜蜜的痛楚，除了是愛不會有其他的了，他只是無法理解那承諾的愛情，爲什麼一定要這樣做呢？他爲此感到幾乎要窒息死去了，於是從來不再回學校去，連經過都不想經過了。

而後，當ＪＪ讀到羅蘭．巴特Roland Barthes的《戀人絮語》時，看見那樣一段文字：

內傷越深，主體越加成為主體：主體意味著一種切近（「創傷……是一種切膚之痛」）。愛情的創傷便是這樣：深深的裂縫（直到存在的「根基」）無法癒合。主體從中吮吸，而在吮吸的同時又在構造自己的主體。

搶劫／陶醉，戀人絮語，羅蘭．巴特Roland Barthes

他幾乎是無可自拔的，想起他那高中的戀人，他們之間的裂縫就是那樣，或許一直都存在著，只是他的逃開無疑傷了戀人的心，深深的裂縫無法癒合，他們從畢業之後沒有再見過面，ＪＪ現在仍然會想起他來，不是爲著戀人那光滑美麗的肉體，而是當時難以忘懷的感情，他也是極愛極愛他的啊。

ＪＪ轉頭望著張舒涵，她躺在床上斜望著他，他看著她光潔的額頭，那是只有她們才擁有的，多麼美麗的額頭啊，充滿了青春的氣息，這樣一個擁有光潔額頭的年輕少女，此刻正躺在他身邊，閃著跟他昔日戀人一樣的神情，述說她炙烈的情感，唉，ＪＪ嘆氣，爲什麼他總是不斷碰見這種事呢？

「你嘆什麼氣？」

「爲什麼啊，一定要愛人呢？」

「你不是說那不是愛嗎？」

「因爲在妳身上發生的，所以我相信啊，可以嗎？」

張舒涵好像對這個答案感到滿意了：「我也不知道，又不是故意的呢，整天在唸書也沒特別去想那種事情啊，就是愛上了嘛，我又有什麼辦法呢？」

是啊，我們又有什麼辦法呢？

他沒有仔細聽張舒涵的故事，只是閉起眼睛乖乖躺在那邊，任憑她的聲音緩慢流動在整個室內，說出來會對她好點的，溫柔的聲音幾乎將他催眠，即使她是那麼激烈的女生，此刻也會有溫柔平緩的時候，他想她就快要講到怎麼打破玻璃那一段了，他雖然怕血，總是對這種東西比較感興趣一點，他等著張舒涵講一講從棉被裡伸出她的手，紮上白色繃帶的手，上面還有咖啡色的血跡，血，滿滿的血，他有些期待又不敢看。

「…於是，我只好把玻璃打破了。」

「啊？」

「你幹嘛那麼驚訝？」張舒涵叫起來。

「就這樣？」

「什麼叫就這樣啊，不然你是要我怎樣？」

「爲什麼只好打破玻璃？」

「我剛剛有講啊！你都沒有在聽喔！」張舒涵的聲音高亢到簡直要跳起來了，高中生

最討厭的就是，自己說話別人沒在聽。

「有啊…只是很複雜。」

「明明我就講得很清楚！我剛不是說，他居然偷偷跟他們班的女生說曖昧的話！怎麼可以這樣！這是劈腿了吧！」

「嗯嗯…」就這樣？

「我眞的很恨啊，他怎麼可以這樣做？擺明這樣對我？」

恨，很恨。

ＪＪ看著張舒涵說「恨」這個字眼時的臉，用力把氣音發出來往外吐，牙齒整個顫抖起來，多麼強烈到令人害怕的字眼，恨，我眞的很恨。

他想起他高中時寫了一篇週記——怎麼所有的事情都是發生在高中呢？或許是因爲旁邊躺著一個高中女生的關係吧——週記的內容早就忘了，生活都一樣哪有什麼好記，反正都是寫給老師看的那種隨便應付一下，而那天他不知討厭什麼似的，寫上「我恨某某某」之類的話語，也沒什麼，交上去就不當一回事了。

下個禮拜週記發下來，他看著自己的週記本，那個「恨」字被老師用紅筆圈了兩圈起來，旁邊寫著「有必要用這個字嗎？有這麼誇張？」

他拿著週記去找老師，老師頭也不抬的說：「那個字不要隨便用。」

ＪＪ因此恨過那個老師，破壞他的週記，他的週記一直都是完美的零錯字，就因爲那個字，什麼老古板啊，這麼通俗的字眼不能用，沒看到大家都掛在嘴上的嗎？就是因爲恨才用「恨」的啊，他壓根就不覺得用「討厭」或是「不喜歡」可以表達他的情緒，恨就是恨，沒有別的可以代替，他賭氣似的不肯改那個字，硬是用立可白把老師打的那一圈紅字塗掉了，細細的描著邊塗掉，「恨」的周圍變成有一圈白圈，看起來更加顯眼了。

恨，很恨。

ＪＪ看著張舒涵複雜的臉，她說恨這個字時也像喝開水那樣自然，如同那時的他毫不猶豫就用了這個字眼一樣，但他此刻卻希望自己能像當時的老師一樣，冷冷的告訴張舒涵：「那個字不要隨便用。」

「…然後呢？」

「ＪＪ你果然沒有在聽！」

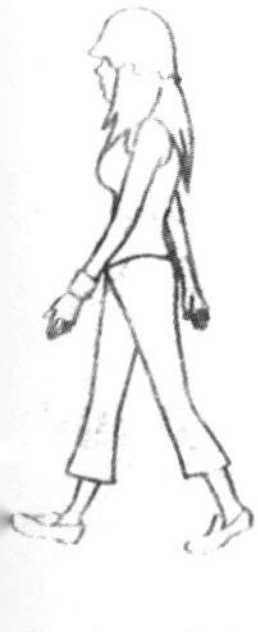

「妳再說一遍嘛！」

「然後他就把頭撇到一邊不理我啊，你說這是什麼態度啊？我跑到他們班想好好跟他說，那麼多人都看著我們，我知道他們想看好戲，結果他根本不理我，我就尖叫起來，在大家面前，我說，『如果你不理我，我就去死，我死給你看……』」

又是這樣的字眼，這個女孩子怎麼盡愛用這樣的話？

「結果？」

「就是這樣。」

「痛嗎？」

「那時不痛，現在很痛。」

「我是說，心。」

張舒涵愣了一下，抽抽鼻子眼眶紅了，她拉著被子大力的擤鼻涕。

「別把鼻涕弄到被子上啊⋯」

「討厭啦！」她揉揉鼻子：「我不知道，可是，那個時候，他看著我的時候，那種眼神像在看瘋子，不是心疼，他不是應該要心疼我的嗎！我這是因為愛他耶！他沒有，只有

驚惶跟害怕，他怕我了嗎？可是可是，我是因爲他才這麼做的啊！他怎麼可以…怎麼可以這樣？」

「嗯，我知道。」

ＪＪ從棉被裡伸出手來，他們兩個人的病床離得很近，他輕輕拍著張舒涵的手臂，感到她瑟縮一下，隨即又放鬆了，然後大力的吸起鼻子來。

外面忽然傳來喧鬧聲，ＪＪ好像聽到班上同學的聲音，急忙掀開被子跳起來，對了，從剛剛到現在他躺了多久？恐怕有一節課過去了吧！

「ＪＪ。」她輕喚著他。

「妳休息吧，我好像躺太久了。」他吐吐舌頭。

「我…今天可以不要上課嗎？」

「爲什麼？」

「我怕…有人亂講話。」她畢竟還是要面子的，即使爲了她所謂的愛情豁出去，但站在太陽光底下還是不免害怕。

「那妳記得到時請病假啊！」ＪＪ吐了一口氣，拍拍她的頭。

「嗯…」她停頓了一下：「老師謝謝你。」
「現在又叫我老師啦！」
「叫叫看而已！」張舒涵小小聲的說：「那我…可以打電話給你嗎？」
ＪＪ從上衣口袋裡掏出一隻黑色簽字筆，在張舒涵幼嫩的手心上工整的寫上他的電話號碼，每一個數字都端端正正，附上可連絡時間，隨時。
「謝謝老師。」張舒涵像抓住了一根浮木般望他。
「喂，張舒涵。」離去前他開了個小玩笑：「妳可不要因爲我對妳好，就愛上我啦！我承受不起喔。」
「喔，放心吧，你不是我的菜。」張舒涵露出一派天眞的微笑。

你不是我的菜。這句話說得還眞好，現在是否那些穿著足以露出內褲般極短裙子的女孩都這麼說呢？她們大聲說著，經過西門町或東區，跟那些來搭訕的老頭不是說著五千或一萬之類的話語，而是狠狠的用力把嘴裡的口香糖吐掉，然後抬起頭來露出清純的微笑：
「對不起，你不是我的菜！」

ＪＪ在嘴裡練習著，如何才能把這句話講得跟她一樣自然呢？還要睜著無辜的大眼，他對著鏡子練習幾次，終於宣告放棄，可惜，多麼好用的一句話啊。

要是他前幾天去健身房之前，就學過這句話多好，那個時候不就可以用上了，多麼高明的拒絕詞，那個全身是汗的男人裸著上身過來，他已經跟著他很久了，肌肉冒著熱氣閃亮亮的，ＪＪ退到角落，看著男人炙熱的眼神逼近，也只好說：「SORRY，我現在不太方便！」

他知道到這裡是很難避免這種事的，他早有心理準備，但每次都是這種傢伙他只覺得煩，他也不是都不挑的好嗎？他只相信自己的眼光，挑男人也是一樣，他不太會描述自己喜歡的是哪一種樣兒，有的時候只是一種感覺，這跟一般的異性戀愛不是一樣嗎？戀愛都該是那麼一回事！只是他太不會拒絕人，每次擠出的藉口都奇爛無比。你不是我的菜。這句話或許非常適合他。

他其實去健身房也眞的只是爲了健身，找對象的話畢竟水準參差不齊，他在這方面可以說是很挑的，選擇並不如想像中來得少，況且他不是不受歡迎的類型，怎麼能不挑？也討厭搭訕跟上網找獵物那種，太沒格了，只看照片沒個準頭，誰知道有沒有病！他還想活

久一點呢！

因此作爲這樣性向的一個男人，他覺得沒什麼不好，他自認隱藏的很好，起碼他不說就沒人會發現，說了不會比較輕鬆，只會引來更多麻煩，他實在是太怕麻煩了，試探的時候也很小心，怕別人把他當變態看。

他現在唯一的困擾也只是分手時有些麻煩，這圈子的人大多數都有固定伴侶，他不是，他就是討厭固定的模式，愛情嘛，本來就是來來去去，正常人都如此了何況他們？只是並不是每個人都像他一樣這麼想，他眞是極討厭看見一個男人哭得一把眼淚一把鼻涕的，有必要嗎！他只能尷尬再尷尬，僅存的一點愛意也會在此時被消磨得一乾二淨，什麼都不剩。

要是什麼事情都能用一句話解決就好，就像分手時能用「你不是我的菜」來解決，想想這是多麼具有性暗示的用詞。你不是我的菜，所以我不想吃你，懂嗎？我一點也不想吃你下肚，所以你也最好——別碰我！

他或許有點思想怪異了，但看見張舒涵這樣的女孩後，他想他其實不算什麼嘛，那麼容易將愛啊恨啊掛在嘴上的他們，會變得怎麼樣呢？

他好不容易應付完圍在保健室旁的學生，不知道爲何他們特別興奮，他只得帶著他們回到教室，簡直像嗜血的蒼蠅一樣。

他以爲這只是個小事情而已，不過就是情侶吵架嘛！每天報紙上都有那麼一大堆看到不想再看了，但從回到辦公室之後其他老師看他的眼神，他就知道這檔事似乎不是那麼容易打發了。

「那個同學怎麼了？」

「受傷而已。」這不是早就知道了嗎？不是受傷還有什麼？

「現在狀況怎麼樣？」

「她在保健室裡休息。」

「唉唷——好可怕啊，三班那邊的教室都是血呢！」

「不是我要說，老師，你有時對學生也眞是要兇一點！連打破玻璃都搞出來了，現在的學生怎麼可以這個樣子呢？」

「對對對，不管他們，他們還以爲什麼事情都可以做呢——」

他耐著性子回答他們的問題，簡直快要發瘋，他的班級他要怎麼管是他的事，不用誰

來給他意見！麻煩死了，為什麼總有那些閒言閒語！

衰運像是跟著他一樣，他告訴自己，這是對他的考驗，也許只是運氣不好，不過也就是個小狀況嘛！明天就會沒事，他想著，然後接到保健室的電話。

「老師！你們班的那個女學生不見了……」

張舒涵，ＪＪ忍住想罵髒話的衝動，搶在三班還沒放學之前找到那個男生。

那個男生雙手插在口袋裡，褲子像是要掉下來般拖著，他看見他鮮豔的內褲露了一半在外面，皺著眉頭檢視著男孩的臉孔。

不過就是稍微帥一點，這種小男生他還不放在眼裡，頭髮非要分一撮弄濕垂下來，掉在眼睛前面遮著，他不知道看過哪個明星這麼做，真是蠢斃了。

「怎麼？」男生踐踐的看著他。

「你，知道張舒涵會去哪嗎？」他耐著性子問。

「我們已經ㄘㄟˋ了。」

「我知道，我不是問你們兩個的關係——」他拉長了聲音，這傢伙都聽不懂中文的

嗎，答非所問：「我問你的是，知不知道她去哪裡了？會去哪些地方？」

「不知道。」

男孩答得乾脆，周圍的朋友不知爲何噗哧笑出聲，男孩得意的笑了，好像自己有多麼了不起，ＪＪ的怒氣忽然一股腦兒全湧上來，他用力抓住男生鬆垮的衣領往前一拉：「你他媽的好歹也跟她在一起過吧！」

「不…真的不知道…」周圍安靜了，全部的學生都瞪大了眼睛看著ＪＪ，那男生好像被ＪＪ忽然爆出的髒話嚇壞了，連屁也不敢再放一個，斷斷續續的說著：「我跟她已經沒有很熟了…怎麼會知道她去哪裡…」

「媽的！」

ＪＪ打了電話去張舒涵家，沒人接，已經這麼晚了，或許家裡人都在上班，那她姊姊呢？他記得張舒涵的學籍資料，知道她是有個姊姊的，在哪一所學校？可以聯絡她嗎？但有什麼用，他忽然不知道該怎麼辦了，爲什麼他找不到半個人可以解決這個情況？就算找到了她爸媽又怎麼樣，難道他要說，對不起，我把妳女兒弄丟了，現在不知道她在哪裡，

她受了傷……

其實他是怕她的，怕張舒涵那種恐怖的感情，從以前開始他就很怕這種人，其實那個小男生也沒有錯，沒有人能受得了這種感情的，然而也只能跟張舒涵說著安慰的話，他根本就很沒用……

手機鈴聲忽然大作，他的「曹操」正氣勢磅礴的響起，是他的手機在響，眞是吵死人的音樂，眞不該用林俊傑的歌，他實在也沒多喜歡他，只是被叫做ＪＪ就好像是應該很喜歡他一樣，他咕噥著開始摸索手機，是在包包裡？不對，他拿出來了，放在哪裡？好吵！他從枕頭下挖出了還在響的手機，眞是精力旺盛啊，跟它的主人完全相反，他想到張舒涵要了他的電話，於是急忙接起。

「喂？」

裂縫

范音音懷疑起自己眞的有嚴重的失憶症，房間裡破掉的東西越來越多，已經看不到一片完整的玻璃了，到底是誰每天晚上跑進她家把東西打破的？她想撐著眼睛不睡覺抓出兇手，但卻每次都在張開眼睛之後又看到滿地的玻璃，她跑到五金行買了一些三夾板跟木板回來，往窗戶猛釘上去，好像整個房間都是裂縫，得要東補一點西補一點似的。

其實她的身體也是裂縫，到處都是裂縫，身上有大大小小的傷口，或許不比香水那手腕上的痕跡深，但絕對比她多，流的血也不會輸給她的呢！會有這麼多傷口是因爲黃崇很溫柔，黃崇知道每次他們只要一吵架她就會開始受傷，不光是吵架，只要黃崇沒照她的意思做或是不理她的要求把房門關上，她就會莫名其妙的受傷，拿個剪刀剪紙也會割傷手指一大塊，縫衣服也會刺到手指，不管做什麼事情她都會受傷得很誇張，這個時候她就會大聲的尖叫，因爲很痛所以尖叫，然後黃崇就會打開房門衝出來，他衝出來的時候不是驚訝，也不是困惑，而是彷彿很累似的嘆一口氣，露出悲傷的神色把醫藥箱拿出來，蹲在她

旁邊慢慢幫他包紮，然後低著頭跟她說：「對不起。」

她最喜歡跟她說對不起的黃崇了，因爲這個時候的黃崇不會不理她，不會跟她吵架，是只屬於她一個人的，然後對她很溫柔，用盡力氣的溫柔。

劈哩趴啦，窗外的雨落了下來，清脆的打在屋簷上，她得去擦流進屋子裡的水了，等一下還要出門呢！她現在已經什麼都看不清楚了，就像踏在黑漆漆的路上，不知道何時會踩空，粉身碎骨，好寂寞，眞是太寂寞了。但沒有辦法，她祇能伸直了手繼續往前走，往前走，期待能碰到些什麼東西將她抓住，而除了繼續往前走，已別無他法。

當雨落下來的時候，香水正夾起一片肉，醬汁輕輕滴落烤肉架，油膩膩的，火焰突一下猛烈從下面冒出，油太多就會這樣。

「妳倒是吃得滿多的嘛。」ＪＪ看了她一眼，眞恐怖的女人，筷子從一開始到現在都沒停過，他反而好像變成幫他烤肉的僕人了，他以爲她不會吃得很多，看來眞是低估她了。

「我餓。」她簡單的回答，把肉快速的塞進嘴裡，她是眞的餓了，聽見自己的胃發出

飢餓的哀鳴聲，急速收縮著。

「妳知道嗎？聽說如果一對男女會單獨一起坐在烤肉店吃東西，就表示他們已經上過床了喔。」ＪＪ一臉曖昧的看著她。

「你在講什麼啊。」

「這是傳說啦，因爲大口吃肉，是一種很野蠻很動物性的行爲，如果連這種樣子都能讓對方看到，那不就等於表示，他們已經有了親密關係了嘛！」

「你這是在對我性騷擾嗎？」香水瞪他一眼。

「我才沒興趣對妳這個吃得滿嘴油光的女人性騷擾。」ＪＪ撇撇嘴。

「那就少囉嗦。」香水把頭往烤肉架上望去，煙霧瀰漫阻擋了她的視線。

「怎麼，妳要補充體力嗎？」

「你也應該補充體力吧，才能應付電話騷擾。」香水似笑非笑的看他一眼。

「馬的，妳還說，我想到就有氣，那個女人是有病嗎？剛從精神病院被放出來的嗎？」ＪＪ好像一肚子苦水沒處發一樣。

「這你剛剛已經說過了。」香水把肉翻了個面，發出好聽的吱吱聲，夾帶著香味的煙

霧緩緩飄昇，她深吸一口氣：「她到底對你做了什麼？」

「妳知道嗎，她簡直就像變態一樣…她叫什麼名字？」

「范音音。」

「對，她用隱藏號碼打我手機，打來的時候我還覺得沒什麼，問我知不知道黃崇在哪裡，我雖然跟黃崇不錯但也很久沒連絡了啊，我連他跟她分手了都不知道，怎麼會知道他在哪，所以我就說我不知道然後掛掉了。」

「嗯。」香水說，ＪＪ拿出自備的環保筷，小心夾起一塊肉，他的臉泛著油光，原本冷漠的臉此刻線條變得柔和，香水看見他的小指微微翹起。

「然後不到一分鐘她又打來，說我怎可能不知道他在哪裡。」ＪＪ想起范音音電話裡認眞又執拗的口氣，就忍不住起雞皮疙瘩：「我說我眞的不知道，她就一直打一直打，打到我的手機沒電，我根本不敢再接電話，第二天起來她塞爆我的留言信箱，我去上課手機留在辦公室，回來看一個小時之內有一百多通來電紀錄。」

「眞是辛苦你了。」香水淡淡的想，這全是在她預料之中，范音音這個人一點也沒變，就跟那時候一樣。

「我怎麼跟她解釋都沒有用，我就眞的不知道黃崇去了哪裡啊，還說我是不是把黃崇藏起來了，我把他藏起來幹嘛！」ＪＪ的臉孔扭曲著，香水忍不住笑了。

「那妳呢，有被騷擾嗎？」

「之前是有，最近還好啦。」因爲你出現了啊，香水想著。

「妳應該會被騷擾得更嚴重吧，畢竟妳跟黃崇在一起過啊。」ＪＪ說，香水的手停了下來。

「…你怎麼知道？」

「我對這種事情還滿敏感的。」ＪＪ笑笑：「應該說，你們兩個走在一起時我就看得出來。」

「那還眞是厲害啊。」香水不否認的說。

「不過，連妳也不知道黃崇這傢伙究竟去了哪裡嗎？」

「不知道呢。」

「那到底范音音因爲什麼會找上我啊，她上哪去弄到我的手機號碼的！」

「不知道呢。」香水抬起頭，對ＪＪ露出一個甜美的微笑。

她和ＪＪ各付各的，兩人吃完烤肉之後好像兩個陌生互不認識的人，各自拿了零錢之後走出店門，她低頭數起零錢，ＪＪ抽起一支菸，他們兩個沒說任何一句話，默默分別朝不同的路走去，連眼神都沒對望，冷漠得好像剛剛在烤肉爐前的熱烈都是假的。

「喂。」她轉過頭去，ＪＪ朝她吐出煙圈。

「怎樣？」

「妳跟黃崇在一起，是在他跟范音音在一起之前？」

「不是。」香水感到手腕隱隱作痛，是被燙到了嗎，手腕那一條紅色的，小蛇般彎曲的傷痕像被炙燒一樣疼痛：「我，是第三者。」

范音音手裡拿著一張從網路上列印下來的地址走進林森北路，已經很晚了，這條街上還是很熱鬧，她看見兩三個小姐從計程車下來鑽進閃著紅綠光芒的店內，玻璃上是一片黑看不清楚。

二十四號五樓，還好只是個夾在一堆PUB與酒店裡的小公寓，不是什麼高級住宅，從外面看起來那一間的窗戶是暗的，她慢慢走上狹窄的樓梯，五樓，這是很好的樓層，一點

一點也不會引人注意，她把連帽外套拉了拉，戴上帽子壓低，蹲坐在樓梯轉角的地方等待著。

她不知道過了多久，慢慢聽見有人走上樓的聲音，她摀著口袋盡量將身子壓低以防被看見，看見一個頭髮稍嫌過長的男人搖搖晃晃的走上樓梯，煙味飄了過來，她看清楚那個人塌鼻子小眼睛的長相，男人停在二十四號五樓，伸手在牛仔褲口袋裡掏著鑰匙。

她慢慢站了起來，掏出口袋裡的水果刀抵住男人的背，另外一隻手飛快的抓住男人掏鑰匙的手腕：「不要動。」

「妳…」男人愣在門口想轉頭，范音音把水果刀移上男人的脖子後方，輕柔的說：「不要用力喔，到時候會流血的。」

男人不再動了，比男人矮的范音音手舉得有些吃力：「蹲下來。」男人乖乖的照做了，她彎下腰來將男人的頭用力壓上木門：「回答我的問題，我就不傷害你。」

「妳到底要做什麼？」男人發出悶悶的聲音。

「你只要回答我的問題就好，第一個問題，你是ＪＪ嗎？」范音音很仔細的確認著，她可不想白白威脅錯人。

「是。」

「第二個問題，你認識黃崇嗎？」

「妳是范音音嗎？」男人忽然冒出了問句。

「我說過你只要回答我的問題就好！」范音音用力的壓著男人的頭，拼命抑住想把水果刀插進脖子裡去的衝動：「你認識黃崇嗎？」

「認識。」

「你知道他在哪裡嗎？」

「不知道。」

「你少騙人了！」范音音把手移往男人的手準備拿他手上的鑰匙，樓下忽然傳來腳步聲，她一愣，男人猛然站起來用力把范音音從樓梯上推下去，以極快的速度掏出鑰匙開門，瞥了她一眼之後用力把門重重關上，響起邊速上鎖的喀啦喀拉聲。

當ＪＪ終於看見她的時候，感到一種從腳底冒上來的寒冷，只要一眼就夠了，范音音望著他的眼神像極他高中時的那個戀人，臉上的表情痛苦而緊繃，彷若從最深最深的海底

浮上岸一樣，緊抓著他不放，他非常明白這樣的人會做出什麼事情。

他把所有的鎖都上了，還沒來得及喘過氣就聽見重重的敲門聲，然後是一連串急促的電鈴聲，一下又一下的迴蕩在整個屋子裡。

「妳放過我吧，我眞的不知道黃崇在哪裡！」他隔著門大喊，而敲門聲還是沒有停下來：「我眞的不知道，妳找我也沒用啊！」

手機響了，他粗暴的接起來。「黃崇在哪裡？」是范音音的聲音。

「妳再這樣我要報警了！」

「你報啊。」范音音的聲音異常冷靜。

「不要這樣，我拜託妳放過我，我眞的不知道他在哪裡…」ＪＪ幾乎快要哭出來，他已經累了，爲什麼會讓他碰到這種事？他明明就不是個執著的人，爲什麼他的四周卻偏偏都是這種人，他只想隨性的生活，偶爾喝點酒發發牢騷，不爽的時候更可以罵個髒話，這麼好，他要的只是這樣，他對除了自己以外的人生都不想關心，那不是應該是輔導老師的工作嗎？他才不想管別人的情情愛愛，他又不是輔導老師！他才應該被輔導呢！怎麼都沒人來關心他會不會去自殺！

「黃崇在哪裡？」

ＪＪ用力關上手機重重甩到床上，門外的響聲依然持續著，他逃命似的躲進衣櫥裡關上門，閉上眼睛開始數羊。

等他再張開眼睛的時候已經天亮了，屋子裡很安靜，他悄悄的跑到門口側耳細聽著，忽然一陣鈴聲響起，ＪＪ嚇了一跳轉過來，原來只是他的鬧鐘響了，手機依然躺在床上，關著機。

傷害

她老是覺得髒。

范音音站在洗碗槽前已經很久了，正在洗最後一個碗碟，她已經洗第三遍了，洗到覺得手冰冷然後接著紅腫痛，她停下來幫兩隻手敷上護手霜，然後要去院子拿拖把來把家裡整整拖過一遍，她把拖把浸到水桶裡拿出來擰乾，小心的不讓髒水有任何滴落在地上的機會，不知道爲什麼就是覺得家裡髒，接著把所有的椅子全部放到桌上，這是相當費力氣的，地板變得整齊而安靜，廚房、廁所、臥室、客廳，拖過一遍還不夠，她拿了抹布跪在地上細細的檢查每個縫隙，用指尖去摳去挖，弄不到的地方就用牙刷去刷，即使這樣還是覺得不夠，不只是感覺髒，還有些味道，正從屋子裡的每個角落飄散出來，某些說不上來的腥臭味，很像生理期來時的感覺但又不是，而到底爲什麼會有味道，她頭想得都痛了還是想不出來，范音音拿出她所有香水到處噴，東灑一些西沾一點，她狠狠大吸一口氣，還是不夠，明明垃圾桶裡廚餘都已經丟光了，發臭的到底是甚麼呢？

她舉起手來，細細的聞著，頸間、手指縫、乳房，吸氣又再吐氣，是這樣的嗎？打從心底腐敗的，其實是她自己？

「再擦一次吧。」范音音自言自語的說著，歪著脖子笑。

香水把手機拿出來放在吧台上盯著瞧，已經安靜了好一陣子了，范音音沒有再出現也沒有再打電話來，香水很滿意，只是沒有再知道她的近況有些可惜，或許該找機會打個電話給她吧。

「妳看起來心情不錯。」峰說，香水每週至少會挑幾天再來光顧Friendshit，店裡的客人一直都不多，她喜歡這個店名，也喜歡峰，雖然他望著她的眼睛不是炙熱的，但卻很溫柔。

「看得出來嗎？」

「發生了什麼好事嗎？」

「什麼事都沒有發生就是好事囉。」

「說的是。」峰點點頭。

「我說你呀，怎麼都不追問我呢？眞無聊，你對我沒有興趣嗎？」香水趴在吧檯眨著眼睛問他。

「一個好的酒保是不應該過問太多客人的私事的。」峰微笑起來。

「哎呀，我把你當朋友啊。」

「我一追問起來就是問大事情喔。」

「也可以啊。」香水格格笑起來：「反正我們又沒有什麼利害關係，告訴你有什麼差別嗎？」

「是沒錯。」峰頓了頓，指著香水的手腕，今天她穿著短袖，潔白的手臂露了一大截在外面：「那麼，我可以問那個嗎？」

「這個啊。」香水抬起手臂讓峰看得更清楚點，粉紅色的疤痕顯眼的浮現著：「我可沒有掩飾過喔，這是我自己割的。」

「爲了什麼呢？」

「我啊，當過別人的第三者喔。」香水的聲音奇異的輕快起來：「不是故意的，我本來也沒有想過要當第三者啊，可是已經愛上了就沒辦法了。對方似乎也不想對我放手，

於是我就陷進去了，陷得很深很深，就幾乎像正常的戀愛一樣，每天都想跟那個人見面，聽到他的聲音會心跳，那個人對我很好也很溫柔，所以即使是當第三者我也覺得很幸福喔。」

「那很好啊。」

「是很好沒錯，可是後來就被對方的女朋友發現囉。」香水冷冷的笑了一下。

「有談判嗎？」

「沒有，我就退出了，因爲我不管怎麼樣都贏不過那個女人。」

「她比你漂亮嗎？」

「你覺得上次跟我一起來的女人漂亮嗎？」

峰愣了一下，像是在思考什麼似的望著香水說：「你們是不同的型啊。」

「我是比不過她的，自從她得知我的存在之後，只要對方一不在她身邊，她就拼命狂打電話給我，接起來了又打，打到我被迫換手機換新號碼，她還是都會知道，我拜託她不要再這麼做了，她也只是什麼話都不說的掛上又繼續打，我關手機她就打到我老家去，

告訴我父母我搶她的男朋友，我實在氣不過就在電話裡狠狠罵了她，她還是一句話都不說繼續騷擾我，連對方也沒有辦法阻止她，我拜託他趕快跟她分手，但對方卻說分手也沒有用，因爲這已經不是第一次了。」

「然後呢？」

「我很勉強的繼續跟對方在一起，她甚至還跟蹤他找到我租的地方，每天丟死貓死狗在我的信箱裡，三更半夜狂按我家電鈴，拿噴漆在牆上噴我的名字說我是賤女人爛貨，查到我的公司打電話過去叫罵，在公司樓下跟蹤我，逼得我不得不換工作，遇到這種事情公司裡的閒言閒語怎麼會少呢？」

「所以妳就割腕了。」

「我不是因爲被騷擾而割腕的，而是因爲對方。」香水摸著那道疤痕：「我要對方趕快跟她分手，我要他知道我受的痛苦喔，因爲太痛苦所以我割腕了，他抱著我要我不要死，他一定會跟那個女人分手的，於是我就在醫院裡乖乖等待他來，可是他一直沒有來。」

「爲什麼？」

「那個女人啊，聽到對方說我割腕了，也拿起水果刀往自己身上猛刺，她說我做得到的事情她也做得到，我有傷口她也可以馬上弄個一兩個出來，她眞的這麼說的喔，於是我就馬上放棄這段感情了，徹徹底底的放棄，因爲她已經不是因爲愛他才這麼做的了，而是爲了讓我得到痛苦。」香水望著峰：「只要是能傷害我的事情她都會盡力去做，這已經無關乎愛情了吧，而是對我的恨意，因爲她太愛對方了才會把所有的恨移轉到我身上來，從此之後，我就知道了一件事，惟有恨，惟有強烈的恨意，才可以讓一個人永永遠遠的記得一個人，於是她不可能忘記我，我也不會忘記她的。」

「是這樣子的啊。」峰吐了一口氣，送上一杯酒：「請妳的，這麼精彩的故事値得一杯伏特加萊姆。」

「謝謝。」香水微笑起來。

「那妳爲什麼還要繼續跟她見面呢，這樣會讓妳更痛苦不是嗎？」門被推開的聲音響起，峰轉過頭去招呼客人。

「是啊，爲什麼呢？」香水望著峰的背影，一個穿著黑大衣的男人走了進來，在吧檯坐下：「因爲我想看著她會有什麼下場吧！我要看著她做盡這種骯髒事到底會不會獲得幸福，我寧可希望她當面來跟我吵架或是打我一巴掌發洩怒氣，可是她沒有，她什麼都沒有，她只是躲在安全的地方不斷騷擾我傷害我，這樣的人怎麼可以獲得幸福呢？我要看著她崩潰，爲了這一點我可以對她好，可以跟她做親密的朋友，可以跟她互相假裝，因爲我一定要等到最後，最後…」

「妳說什麼？」峰拿著開瓶器走回來，熟練的打開一瓶酒：「妳看，軒尼詩，那個客人點的。」

「是熟客？」

「不是，生面孔，有些年紀了但看起來滿有魅力的男性，大概要寄酒在這邊吧。」峰走過去幫男人擺好杯子倒酒又走回來：「妳剛剛說什麼。」

「酒啊，是不是擺越久越好？」香水問道。

「通常來說是這樣的。」

「那開了封之後能跟新的一樣嗎？」

「當然不行囉。」

「是啊，所以不能扯破臉，一定要等到最後才行。」香水對著峰微笑：「不然之前的

一切，都沒有意義了不是嗎？」

只要是能傷害她的事情，范音音她都會盡力去做。

她就是無法接受香水的笑臉，爲什麼可以這麼幸福呢？她可是傷害我的人耶，好刺眼的天眞幸福笑臉，一定要破壞，得徹底毀滅這個打從心底的笑顏才行，非這樣不可。

做這種事情很容易的，她輕易的就可以從黃崇的手機裡拿到香水的手機號碼，從黃崇開始變得冷淡的時候開始，一切的堅固都煙消雲散了。

她清清楚楚記得自己曾經對黃崇說過：「如果你背叛了，我就殺了你。」

「好。」黃崇這麼回答她。

那麼，就是那個女人的問題了，不斷的打電話不是什麼難事，她一點也沒有做錯啊，就算香水在電話那頭大喊：「不要再騷擾我了！」她也不以爲意，甚至覺得很可笑，爲什麼我不能騷擾妳啊？是妳破壞了我的幸福耶，是妳破壞了我的愛情，我傷害妳是理所當然的事情吧！我一定要毀了妳啊！

掛掉，又重撥，掛掉，又重撥，在黃崇可能去找她的晚上，范音音不斷重複做著這

樣的事情，直到打到香水關手機，絲毫沒有睡意也不覺得累，甚至隔天還可以正常的去上班，她覺得自己精神好得不得了，香水很快就換了手機，她一樣用黃崇的手機查到她家裡的電話，聽著她的父母哭著說：「對不起，我們的女兒不對⋯」時，眞覺得有一種快感。

是啊，愉快得不得了，這完全可以消除黃崇帶給她的痛苦，她開始跟蹤黃崇後找到香水的租屋處，當天她就殺了一隻貓放進香水的信箱裡，貓在放進去之前還沒死透，范音音望著發出微弱聲音咪咪叫的貓，心裡想著要恨就去恨她吧。

而香水做的唯一抵抗也不過就是割腕，這有什麼呢？她可以做得比她更好的，用刀刺自己當然會痛，見血也很可怕，可是這個和失去黃崇相比又算得了什麼？在拿水果刀往身上刺的時候黃崇跪了下來：「對不起。」那是黃崇第一次對她說抱歉，與其說是抱歉更像是拜託她住手：「對不起，音音，夠了，我知道錯了，拜託妳⋯」

但是她還是繼續跟香水保持完美的連絡，這是最好的監視方式了，她要確保他們兩個人不會再連絡，香水也繼續跟她見面，她們就像一般的好朋友一樣聊天，而香水從來不對她掩飾她手腕上的傷痕，總是大刺刺的露給她看，是爲了表示那段過去一直存在的嗎？她覺得自己非常了解香水，甚至比黃崇還要了解她，她是很清楚這個道理的，話不是這麼說

的嗎？你要傷害一個人之前，必須得先徹底的把自己變成那個人，這樣才會明白，要怎麼做才能造成最有效的傷害。

以一種幸福快樂得不得了的姿態出現在她面前，就是這樣。

S・O・S

告別式該穿什麼顏色的衣服好呢，是黑色的吧，ＪＪ翻遍了衣櫃也找不著黑色的衣服，他一向不穿這麼素的，考慮了一下之後他還是出門去買了，不過是個黑色的衣服，應該到處都有賣吧，他一定得穿去的。

張舒涵的家離學校不遠，在巷弄裡面搭了幾個棚子算是場地，ＪＪ平時最討厭這種妨礙交通的東搭一塊西搭一塊，不管是辦喜酒或喪事都一樣討厭，但他此刻什麼話也沒有講，靜靜的走進去遞了白包，面前的女孩有一張和張舒涵相似的臉孔，清清秀秀的垂著眉睫。

「我是張舒涵的導師。」ＪＪ清清喉嚨。

「啊，老師你好。」女孩抬起頭來收了白包，頭髮俐落的在耳後紮起一個馬尾露出額頭，光潔平滑的額頭更像張舒涵了，有禮貌的朝他深深鞠了一個躬：「舒涵平常給您添麻煩了。」

「啊…不會。」

ＪＪ走進棚裡，一旁的花圈東倒西歪的放著，整個場子裡冷清而寒傖，他望著正中央張舒涵的黑白照片，那是她的學生照，不知道爲什麼照得有點奇怪，她身上穿著領子歪了的制服，瞪著前方微微皺起眉頭，一點微笑也沒有，爲什麼要在告別式放這樣一張照片呢？她應該有更好的照片才對吧？這可是人生中最後一場重要的儀式，要是他才不要放這麼奇怪的照片！

「老師。」女孩叫他：「你可以隨便坐，我父母很快就來了。」

「喔，好。」他看著眼前幾張塑膠椅心裡嘀咕著，身邊盡是一些不認識的人，他有些暈眩，好像走到另一個奇異的時空來一樣，他繞過圍成一小圈正低聲討論些什麼的歐巴桑，走向前把花圈扶正。

他一點也不想見她的父母，也不想說什麼客套話，他只是來這裡，來這裡見張舒涵而已。

當ＪＪ得知張舒涵的事情時，他覺得自己就像一隻鳥，一隻撞上教堂彩繪玻璃窗的鳥，慢慢暈眩往下掉，眼前卻是一片五彩斑斕，發生什麼事了他一點也不清楚，只是一直

往下掉往下掉…

「這是告別式的時間，張舒涵的家人拿來的。」坐他對面辦公桌的女老師拿著一個信封來給他，見他沒反應就輕輕放了在桌上，還不忘補了句說明：「是在你曠課的那一天拿來的。」

「爲什麼——我是說，這是怎麼回事？」ＪＪ望著那個信封。

「詳細的情況我也不是很清楚…」

「到底是怎麼回事？」

「呃，那個。」女老師像是有點被嚇到的往後退了幾步：「我眞的不知道情況，但我們班同學都說，她…她是自殺的…」

自殺，她怎麼可能會自殺，ＪＪ望著那張黑白照片想，她是那種手舉得挺直的喊「**HERE**！」的女孩，大刺刺的宣告自己存在的女孩，她怎麼可能自殺？她會因爲男孩不理她而把自己搞到受傷，這樣子爲了引人注意的她怎麼會自殺？他想起在保健室裡兩個人握緊的手，那之後張舒涵到底去了哪裡？

「我可以問個問題嗎？」ＪＪ走向收取白包的女孩。

「是。」

「你是張舒涵的姐姐嗎？」

「是的。」女孩露出小虎牙，那是張舒涵所沒有的：「我叫舒婷。」

「舒婷，可以告訴我張舒涵是怎麼…的嗎？」ＪＪ盡量挑選著溫和的字眼。

「她是自殺的噢。」舒婷輕輕的說。

「我…」

「老師，你不用感到在意的，眞的。」舒婷伸出手拍著ＪＪ的肩，反倒像是在安慰他一樣，他愣愣的看著眼前這個冷靜的女孩：「你已經對她很好了，我們都已經對她失去耐性，你已經對她很有耐性了。」

「爲什麼…」ＪＪ忽然覺得自己好像才是家屬一樣。

「舒涵常常這樣的，在不同的地方試著打電話給別人說自己要死了，所以我們一直都有做好心理準備，你懂嗎？所以就算是她什麼時候死了都一點也不意外，只是這一次我們都沒有人接到她的求救電話，她沒有打給我或是爸爸媽媽，所以她死了。」舒婷歪著脖子

說：「她心情好的時候就說愛你啊愛妳，心情不好的時候就說恨死你了，當我看到她浮在浴缸裡的時候，我還想說這傢伙終於可以安靜點了呢。」

「她真的沒有求救？」ＪＪ想，她至少會打給那個三班的男孩子吧。

「不知道呢！發現舒涵的時候她的手機也在浴缸裡泡了水，全壞了，所以可能是打不出去吧。」

舒婷瞇起眼睛，溫柔而親切的望著ＪＪ，像個有耐心的輔導老師：「老師，你不要這種表情嘛，有一句話不是說生死有命嗎，要想開一點喔，如果還是鑽牛角尖的話可以來找我喔，我很有經驗，真的。」

ＪＪ慢慢的離開了那個告別式，什麼話也說不出來的，想要打一通電話給學校拜託調開他下午的課，他實在覺得好累，慢慢把手機從口袋拿出來，才發現自己原來已經好幾天沒開機了，他按了開機鍵跑過待機畫面，鈴聲馬上瘋狂的響個不停，是簡訊。

「您有3個新留言。」

ＪＪ嘆了一口氣，該不會又是范音音吧，實在不想再聽到她的聲音了，但他還是認命

的進入語音信箱聽取留言。

「ＪＪ，我是張舒涵，你爲什麼不開機，我找你呢。」

他全身顫抖起來，舒涵的聲音清脆劃過耳際盤旋不止，他飛快的按下第二通留言。

「ＪＪ，我是張舒涵，救救我，我快要死掉了，你怎麼還不來？」

於是他想著或許他不應該再聽第三通留言了。

「ＪＪ，我是張舒涵，連你也拋棄我是吧，我知道了，你也不愛我。」

他聽見張舒涵的聲音彷若從海底傳上來一樣，還浮著咕嚕咕嚕的泡沫，而或許那只是她的喘氣聲，接著就沉入水底不見了，徹底的消失了，電話語音再度響起「如要刪除留言請按２，要保留請按３」，他默默的按了２，感到有什麼東西啪的一聲斷掉了。

張舒涵不是沒有叫救命，她有求救的，對他求救，而且深信他會來幫助她，而他卻在那個時候關掉手機斷絕了求救信號，時間顯示那正是范音音騷擾他的當下，他什麼也沒有辦法做，只是卑劣而膽小的躲在衣櫥裡等著誰來救他。

是他殺了張舒涵的。他彎下腰來蹲在一根電線桿旁，早餐吃的是蛋餅跟奶茶，他把那些全吐了個精光，還吐了一些黃色的酸水出來。是他殺了她的。像抓著一根浮木般緊緊抓著他的女孩，他遺漏了她最後所發出的，ＳＯＳ求救信號。

於是當范音音再度出現在他面前的時候，他已經不想逃了，他望著范音音站在辦公室的門口，身上穿著鵝黃色洋裝像個大家閨秀含笑望他，幾乎無法跟那天晚上壓著他的恐怖女人做聯想，但他很清楚的記得那張臉，他知道辦公室裡接下來一定又是一陣興奮的竊竊私語，范音音的高跟鞋叩叩的在磁磚地板上敲出聲響，他眞的已經什麼都無所謂了。

「ＪＪ。」范音音輕聲喚他，他注意到她的眼睛上亮亮的一片，以爲是眼淚，結果只不過是灰白色的眼影，他想，要是張舒涵可以像范音音就好了，像這個女人一樣，把所有情緒毫不考慮的發洩在別人身上，而不是只是等待著誰而發出求救訊號，張舒涵像是抓著一根浮木般緊緊抓著他，范音音則是爲著她要的東西，死都要爬到木頭上把他推下去，他羨慕起她來，要怎麼樣才能做到這樣呢？他打開抽屜攤出一張黃黃的紙，上面只有一行短短的地址跟電話，從他拿到之後就一直塞在裡面，沒想到會以這種方式派上用場，他老覺

得這是一種背叛黃崇的表現，但他已經什麼都無所謂了：「妳拿去吧。」

ＪＪ看著范音音捏過那張紙，看了看小心的放進皮夾裡收著，什麼話也不說的走了出去，他把頭往後仰望著天花板，眞想好好睡一覺啊。

「你把黃崇的聯絡方式給他了？」香水對著電話那端的ＪＪ說。

「也不是什麼聯絡方式啦，只是他以前住過的地方…」ＪＪ遲疑了一下，沒有把地點說出來，將手機稍微拿離耳朵：「妳在哪啊，好吵！」

「我正在過馬路啊！」香水望著對街的**Friendshit**。

「嗯，算了沒事，我只是想說她應該不會再來騷擾我們了吧。」

「你幹嘛這麼聽她的話？」

「不然呢？」

「你是白癡嗎？」香水忽然生起氣來：「你爲什麼要這麼快就屈服啊，這麼聽她的話幹嘛，憑什麼她想要什麼就有什麼？」

「因爲我已經累了…」

「你這個白癡，我最受不了你們男人這樣，你跟黃崇都一樣老是被她牽著鼻子走，到底憑什麼，憑她比較會吵會鬧嗎？」香水一面發脾氣，一面不忘匆匆穿過馬路，Friendshit的燈亮著柔和的光，她看見峰在裡面舉起手來調一杯酒。

「就跟妳說，黃崇不一定會在那裡嘛！那只是一個舊住址而已，我們誰也不知道黃崇究竟去了哪裡啊！」

「我告訴你，我覺得黃崇根本沒有失蹤也沒有離開。」香水推開Friendshit：「是范音音在騙人，我太了解那個女人了……」

「香水？」

留下一大段空白，香水的聲音嘎然而止。

香水輕輕顫抖起來，望著前方身穿黑大衣的男人背影，稀疏的頭髮已稍顯斑白，但她是記得的，那個微微傾斜的高大身影，是的，她確確切切的記得父親的樣子，那是名爲父親的男人。

她站立在門口好一會兒，對上峰疑惑的目光，然後輕輕不發一絲聲響的退了出去，關

上門。

男人始終都沒有回過頭來。

救救我，香水嘴裡不斷念著，往老人的畫室奔逃而去。

太多

當我的靈魂與妳所明瞭的哀傷緊緊相繫時，我憶及了妳。

為什麼當我哀傷且感覺到妳遠離時，全部的愛會突如其然的來臨呢？

該怎麼，理解這一句話呢？

她記起黃崇傳給她這封簡訊時的模樣，那個時候他的眼睛望著她時會閃閃發亮，曾經給予她的熱烈愛情蔓延開來，閃閃發亮，那是黃崇最喜歡用的一個詞，范音音站在眼前這棟空蕩蕩的屋子裡，忽然也好像亮得看不清楚似的瞇上眼睛。

「妳不能亂動東西啊，不能待太久啊。」房東阿婆操著一口不太輪轉的國語叨念著。

「黃崇眞的是住這一間嗎？」范音音握著手上的鑰匙仔細確認似的問，見阿婆不耐煩的說要下樓去拿簿子確認後，嘴裡咕嚕念著似乎是道謝的話語，轉過身來仔細打量這間屋子，吸吸氣想吸出點什麼來，卻被灰塵嗆得急忙打開窗戶。

讓空氣進來後呼吸順暢多了，窗外是剛剛她彎進來的小巷，兩旁有緊挨著的公寓建築，彎彎曲曲的小路讓她找路時著實是費了一番功夫，但總算是給她找著了，ＪＪ的地址沒有錯，她望著這樣的景色，慢慢臥倒在地板上，這裡是黃崇曾經看過的景色，這樣她似乎也能在這裡睡得著了。

而不知道爲什麼她對這裡的一切都有記憶，連角落都很熟悉，剛剛彎進來時一站在門口就有印象了，她曾經來這裡見過黃崇嗎？一股陌生而甜蜜的痛楚席捲而來，她的記憶力是越來越不好了，老是忘東忘西，待在那個黃崇離開後的房子裡她每天失眠，然後睡著後又忘記很多事情，例如老是抓不到打破玻璃的小偷，或在衣櫥角落發現一堆剪破的衣服，逼得她差點就要抓狂，她怨恨起這些都是黃崇害的，而這裡莫名的熟悉感讓她安心了，或許她曾經在這裡握著他的手，兩個人一起爲窗戶裝上新的窗簾，一起選購屋裡的家具，一起坐下來好好的吃一頓晚餐，一起，她喜歡這個詞，兩個人之間不再有距離也沒有誰會遠離誰。

而當她不斷在忘記前一秒鐘發生的事情時，黃崇的樣子也逐漸清晰，他們曾經有過的那些日子，黃崇就像撿一隻流浪狗一樣把她撿了回來。

她一向喜歡化妝，就像創造一個新的自己般喜歡著，再也沒有比這更令人神奇的事情了吧，在鏡子前面望著自己，先上隔離霜接著粉底液，雙手接觸皮膚跟著輪廓上下抹勻，然後再上一層粉底，刷刷的在兩頰刷上腮紅，不能太多也不能太少，然後用眉筆細細畫出眉毛，上眼線時眼睛還是忍不住會發抖，抹上眼影之後眼神就是晶亮的，眨眨眼好像有碎片在飛散，接下來是最後一個動作了，她最喜歡的，取過一支口紅輕輕轉開，一股味道飄散出來，好像胭脂混著水果芳香，濃郁的味道，沿著唇型先描了線塗了薄薄一層，美麗的顏色漫了出來，嘴唇逐漸變得鮮紅飽滿，鮮艷欲滴如熟透的果實，她望著自己，睫毛低垂落成濃密的陰影，斑斕的粉彩在臉上閃著亮光，像屏風上美麗不會動的繡花鳥。就像母親。

就像那個時候的母親。

鮮紅色的嘴唇，范音音想像自己那個美麗的母親正微笑，她看見七歲的自己在家裡走來走去，家裡只有她一個孩子，多麼空蕩，她一直是寂寞的。

爸媽的房門沒關緊，桃紅色的門，留了一條細細的縫，她從縫裡看過去，母親正在梳頭，有著一頭烏黑秀髮的母親，握著雕刻精細的木梳，對著鏡子一下一下的梳著，房間裡

充滿母親的髮香，一種混合洗髮精卻又還有著其他說不上來的味道，她不知道是什麼，但又多麼喜歡那股味道，貪婪的深吸一口氣。

范音音看見母親把口紅拿出來細細塗在唇上，這是她最興奮的時刻，眼神跟著母親握著口紅的動作上下游移著，晶瑩飽滿的唇，母親很仔細的塗著，沿著唇線細細的塗著，然後抿一抿嘴，她聽見「叭」的好大響聲，母親的嘴居然可以發出那麼驚天動地的聲音，簡直嚇壞她了。

於是她逃回沙發上，照以往的慣例，她知道母親就要打扮好出來了，她瞪著電視上的小叮噹拿出任意門，心裡砰砰跳著像作了壞事不敢轉頭看。

母親走路的姿勢也一樣很好看，裙襬會隨著步伐一晃一晃的，她聞到一陣香水味，跟廁所芳香劑不一樣，像是從母親皮膚裡發出的香味，她也是母親肚皮生出來的，怎麼就沒有那股子味兒呢？

音音，小心看家喔，母親彎下腰來摸摸她的頭離去，門關上的聲音很清脆，她一邊嗅著母親遺留在屋子裡的香水味，一邊從第一台轉到最後一台，最後的結局就是她閉上眼睛在沙發上睡著了，小叮噹怎麼拯救大雄的她還是不知道，但反正第二天大雄一樣活蹦亂

跳，一樣被技安欺負，她都已經會背了，然而她一樣在沙發上等待母親而睡著。

多麼寂寞，當她望著門口眼睛不聽話的閉上時，特別的感到寂寞而孤單，她其實很想說的，很想問母親，爲什麼要把她一個人丟在這裡呢？難道就對她這麼放心嗎？

母親總在父親下班前一秒回到家，她沒有特別注意時間，當她聽到母親匆促進門的腳步聲時，便揉揉眼睛從沙發上坐起，看著母親匆匆換上家居服躲進浴室裡，就知道父親該回家了。

「音音，你要記得跟爸爸說我沒出過門喔。」母親這樣告訴她。

「音音，你知道媽媽今天去哪裡了嗎？」父親這樣問她。

她是怎麼回答的呢？她忽然遲疑了起來，但不管回答是什麼，母親還是離開了。忘記是從哪一天算起，什麼話也沒有說的，就像是從空氣中蒸發般消失掉，就像黃崇此刻一樣，消失得乾乾淨淨。

母親消失之後，父親就請了一個阿桑來家裡打掃，范音音難得見到父親幾次，因此整

天就跟阿桑兩個人待在大得可怕的家裡，她不再是一個人了，卻更寂寞了起來，因爲母親不在。

比起眞正的母親，阿桑或許更接近一般人心目中的母親形象，整天在廚房裡忙碌，衣服髒了會洗，肚子餓就會有飯吃，上了小學之後她開始懂得一般母親該有的樣子，不是整天梳著頭髮，不是塗著口紅出門，而是待在家裡，在她從學校回來的時候，會接過書包，然後說一句「回來啦。」這樣的人。

母親，她在母親節時跟著大家畫卡片，畫一顆愛心剪開，裡面有母親的畫像，自己畫的，用蠟筆寫上母親節快樂，她的字不好看，總是歪歪扭扭的，她跟著別人擠福利社，搶到一朵朵假的康乃馨，紅的粉的橘的，反正她的母親也是假的，范音音舉著花回到家拿給阿桑，看著阿桑當寶貝似的一張開心的臉，然後把書包裡的母親卡藏起來，偷偷放進母親的梳妝台。

父母房裡的擺設一直沒變，父親大概懶得搞這種東西，放著也不會怎麼樣，因此母親的東西都還保留的好好的，她打開梳妝台，發現口紅啊梳子啊都還在裡面，把卡片放進去，好像也變成了什麼寶物一樣。

事情的發生是在那天的下午，她不知道爲什麼提早回家，或許是因爲考試吧，屋子裡靜悄悄的，她自顧自的走進房間放下書包，卻聽見有不同的聲響，從父母的房裡傳來的，搬弄東西的聲音，雖不大聲但她聽見了。

是母親回來了？

她突的害怕起來，想都沒想的衝進去開門，看見打掃的阿桑坐在梳妝台前面，那個阿桑，地上還躺著一隻掃把，梳妝台的抽屜是打開的，阿桑手裡拿著母親的口紅往臉上塗抹著，紅紅的，她聽見自己的尖叫聲，不要動！阿桑嚇了一跳，她使盡力氣向阿桑衝去，東西碰碰掉了一地，她見著被折了一半的口紅，大哭起來。

後來是怎麼收尾的，她不記得了，只記得那天的晚餐特別難吃，前所未有的難吃，她咬著沒味道的青菜，一股子苦味從肚裡倒流回嘴中。

「怎麼這麼沒味道。」父親嘀咕：「阿桑忘了放鹽？」

她愣愣的望著父親，忽然流起淚來，她不能理解爲什麼父親如此自然說出這種話，好像什麼事情都沒發生過，或者是說，不能原諒。

她不再回家，父親也好像很自然的接受了，她知道父親怕她，只要看到她就會產生罪

惡感，她不回家或許反而讓他鬆了口氣，她太了解了，於是范音音開始課也不去上的每天站在父親的公司樓下，想來她體內的報復因子就從那時開始的吧，她沉默望著，一句話也不說，只是站在那裡提醒父親。

「這樣不累嗎？」那個時候黃崇只是走過來，拉住她的手把她牽開，或許是父親拜託他這麼做的吧，她回頭望著公司外擦得晶亮還會反光的玻璃窗，什麼也看不見，她順從的跟著走了。

黃崇知道她很寂寞，就像照顧動物一樣照顧她，就像撿一隻流浪狗一樣把她撿了回來，於是她決定要變成他喜歡的女孩，他喜歡聶魯達，她就去書店抱回所有聶魯達的詩集，一字一句背得滾瓜爛熟，她花了整整一個月的時間把自己變成一個聶魯達女孩，聶魯達女孩，那是他曾經如此親暱喚著她的小名，是的，她做這些事情是理所當然的，他把她撿了回來，所以他怎麼可能會離開呢？不是還傳過那樣美好的簡訊給她嗎？他怎麼可能丟下她？

不會的，不會。

「小姐！」房東阿婆跑上來，手裡翻著一個破爛的簿子：「是了，他是住在這裡過，這一間，登記的名字是兩個人的。」

范音音靜靜的聽著，房東阿婆說了兩個名字，一個是黃崇的，另一個，是香水的名字，她忽然完全明白自己爲什麼會對這裡如此熟悉了。是的，那個一樣的下午，陽光從窗戶照進來，她一樣沿著那個地址走進會讓人搞不清楚方向的街弄，然後拿出從黃崇身上摸來的鑰匙，輕輕打開門，那是她第一次看見香水，多麼一個漂亮的女孩子，正披散著髮絲盤腿坐在床上，她們四目相對誰也不說話，只那麼一眼她就把房裡所有的東西擺設收進眼底了。怎麼會那麼清晰呢？黃崇坐在一旁緊張的套上一條牛仔褲，那還是她跟他一起去買的，是她幫黃崇選還繞著他說好看的牛仔褲。怎麼會記得那麼清楚呢？太多了，多到幾乎將她淹沒。

而她清楚記得她跟黃崇說過那麼一句話，這個時候又再度在腦海裡想起。

「如果你背叛了，我就殺了你。」

她記得黃崇點了點頭，眼神專注清澈而閃閃發亮，就跟他後來看見黃崇望著香水時的

眼神一樣，閃閃發亮，她太清楚了，那樣的眼神代表什麼意思。

她很清楚。

永無止盡的墜落…

「妳把黃崇藏起來了對不對？」

黃崇告訴過她，他不喜歡自己被連名帶姓的叫。

「這個名字有諧音啊，老是被黃崇蝗蟲的叫，覺得自己好像一隻蟲，怪不舒服的。」

於是她特別喜歡連名帶姓的叫他，在朋友們叫他「小黃」或「崇哥」的時候大聲叫他蝗蟲，當她看見他轉過頭來歪著嘴角瞪她時，不知道爲什麼就特別開心，有種殘酷的快意，隱約的喜悅著。

香水聽著手機裡傳來的聲音，范音音的，她又打電話給她了，雖然她其實是一直在等著這通電話的，她早知道范音音憋不住，但這麼多天不見她聽起來居然活得還不錯，不像她想像中的，她恨恨的想，這個女人總是這樣，把別人的人生搞砸之後，再好像什麼事都

沒發生似的裝無辜。

「我哪有那個本事。」香水扯了扯嘴角。

「香水。」范音音的尾音上揚：「妳答應過我的。」

「妳不覺得應該先問問妳自己嗎？」香水的聲音有股壓抑的情緒在浮動，她想起ＪＪ那疲憊的聲音，我已經累了，ＪＪ這麼形容過的，爲什麼都要跟她認輸？她多麼想在范音音面前把這個噁心的朋友面具撕爛，她告訴自己好多次不能這麼做，她要看到最後，以一個好朋友姊妹淘死黨的身分優雅的看到最後，看著這個女人慢慢毀滅，腐朽在泥土裡成爲她的養分。

「問我什麼？」

「妳眞的不知道黃崇在哪裡嗎？黃崇不是自己離開的吧。」這個答案早在范音音告訴她黃崇離開時就隱隱浮現了，她不想相信這是眞的，但是因爲是她，因爲是范音音，香水知道她做得出來，她也只能這麼做。

「他是啊…」她努力的爲著香水的話，開始回想黃崇離去時的場景，他們在餐廳裡吃飯，然後黃崇忽然離開了，跑出去了，沒有原因的說要離開，她怎麼知道是什麼原因呢，

她也很想知道的啊。

「妳在騙人吧。」

「什麼？」

「妳編的故事或許很高明，連妳自己都騙進去了，但是妳騙不了我，我了解妳。」

「妳了解我什麼？」

「了解黃崇爲什麼要離開妳。」

「爲什麼黃崇要離開我呢？」范音音的聲音無邪得像個天使。

「妳眞的不知道嗎？爲什麼妳還不明白？要一直逼他？」

「我沒有。」

「妳有。」

「都是因爲妳啊。」

「關我什麼事，你們本來就出問題了，沒有人像妳一樣這麼神經病…」

「妳給我閉嘴！」

她不是故意的，她想，那些事情不是她的錯，誰教他要跟香水亂來，她早就說過了，但是她愛他，她知道黃崇只有待在她身邊才是最好的，香水不能愛他的，誰也不能，只有她范音音，才能給黃崇最好的愛情，這麼多，這麼多⋯

眞的，眞的不是她的錯，她沒有惡意的，是黃崇先傷害她的，他怎麼可以又去愛香水，他怎麼可以這麼隨便就把她拋棄，他理所當然跟她道歉，她要黃崇知道他對不起她，不管是任何事，她最喜歡黃崇說對不起的樣子了，帶著一絲惶惶然、歉疚、悲傷與忍耐，她知道黃崇丟不下她，只要繼續這樣就好，他就不會離開她了。

「我們誰也不知道黃崇在哪裡，只有妳知道。」

「我不知道！」

「妳仔細想一想，他在哪裡？妳怎麼可能讓他離開？」香水已經停不下來了，差點咬到舌頭般激動的繼續說著：「妳到底對黃崇作了什麼事？」

「我對他做什麼事情都是理所當然的。」

「妳憑什麼？」

「憑他傷害了我！憑他要離開我！」

「妳有沒有想過妳不斷在累積給他的傷害！」
「我有權力作這種事！」范音音抬高下巴，像個女王般說著。
「所以妳就可以殺了他嗎！」

夾雜在兩種不同聲音的叫嚷聲，但她還是聽清楚了，范音音聽得清清楚楚，她輕輕的掛上手機，把香水高分貝的叫喊隔絕，然後彎下腰來去找一本筆記本，筆記本裡寫滿了香水的生活作息，包括這一個禮拜來的外出動線，她翻了幾下，把本子收進包包裡，輕輕的走出門去了。

她忽然想起父親，還停留在此刻她的腦海中的，滿滿都是她對父親所做的回答，她終於想起來了，就像想起黃崇的事情一樣想起來，原來不是沒有發生過，只是想不起來而已，或是，假裝想不起來。

「音音，你知道媽媽今天去哪裡了嗎？」父親這樣問她。

她看見幼時的自己晃著兩條麻花辮，用脆脆甜甜的嗓音說話，眼睛彎成一條線：「媽

媽跟一個叔叔關在房間裡關好久喔，後來，就一起出去了！」生怕父親不相信自己的話，她還加油添醋了起來，比手畫腳起勁的說著，像是在說話課講故事給老師同學聽一樣，得講得再吸引人一些。

而那是她和父親共同的祕密，不要再裝傻了，她一直都知道的，關於母親的事情。

母親根本就沒有離開。

那是怎麼樣的午睡時光呢？星期天的午後讓她昏昏欲睡，是從哪一個片段開始她就睡著了呢，好像是大雄他們找到寶藏的時候吧，電視機亮晃晃的閃著畫面，她居然就這樣躺在沙發上睡著了，昏沉沉的夢境，她躺在客廳沙發上不想動，手腳像是灌了鉛一般沉重，咕嚕咕嚕沉進最深的海底。

然後她聽見玻璃破掉的聲音，清晰得嚇人。

她揉揉眼睛跳下沙發，朝發出聲音的方向慢慢走去，是父母的房間，桃紅色的木門，門依然沒關緊半掩著，她看見互相交纏的身影，父親和母親，晃動的太厲害了看得不是很清楚，最後一個畫面是父親朝母親臉上用力扇去一個巴掌，好大的巴掌，母親往後倒退

著撞上牆壁，臉頓時紅了一塊，父親脹紅著臉罵著什麼賤人之類，那不是不可以講的髒話嗎？怎麼父親自己講了起來？

她靜靜的站在那裏頭透過門縫望著，看見父親猛力伸出的雙手，寬寬大大的手，總在夜晚來臨時那雙手會進來睡房，輕輕摸著她的頭髮，她喜歡父親大手用力搓揉自己頭髮的感覺，多麼親密啊，但現在父親的那雙手著力點是母親的脖子，母親瞪大了眼睛跟嘴，她聽見清脆的「咳」一聲自母親的嘴裡發出，像壞掉的娃娃，兩個人彷彿人偶定格又停住。

母親從父親的手裡摔落下來，頭敲到地板，好大的聲響。

在過了很久之後，范音音才從同學那邊聽來一個鬼故事，一個流傳很久的鬼故事，畢業旅行大家總愛躲在被窩裡講鬼故事，互相驚嚇才刺激。

她於是聽見這這麼一個故事：一對夫妻經常吵架，有一天，兩人又爲了家中經濟問題吵了起來，由於吵得很激烈，丈夫一氣之下拿起水果刀，竟失手將妻子給殺死了，丈夫把妻子的屍體偷偷埋掉，爲了怕孩子回家後會問起媽媽的去處，他還費盡心思想了一套說詞。然而第一天過去、第二天過去、一直到第六天，孩子都沒有問起媽媽，他覺得很奇

怪，終於忍不住問孩子：「這麼多天沒見到媽媽，你都不難過嗎？你怎麼都不問媽媽去哪裡了？」

孩子滿臉困惑的看著爸爸，說：「不會呀！只是好奇怪喔！爸爸，你爲什麼要一直背著媽媽呢？」

「不恐怖！早就聽過了。」一個同學大叫起來，氣氛都被搞糟了，然後他們嘻嘻笑著，繼續進行下一個故事。

范音音雙手抱膝，愣愣的想著，她好像看到母親正看著她，從父親的背上。父親是不是也一直想問她呢？「音音，妳怎麼都不問媽媽去哪裡了？」

父親從來沒有問過她，好像這個家一直都只有他們兩個似的，她也沉默的不出聲，她不需要問的，那個時候父親轉過來望見她，還在喘著氣的臉上全是汗水，不知該對這個場面做什麼解釋，她仍然安靜的站在門縫裡，等父親開口跟她說什麼時，她就轉身走開了。

她離開家門，拼命的往前走著，想要逃到遠遠的地方，但也只是在附近徘徊。她很少出門玩兒的，也沒有什麼朋友，站在街口轉呀轉好幾圈不知要去哪兒，附近的地方她全不熟，只是看著夕陽落下，路燈緩緩亮起。到了孩子們該回家的時候，她聞到炒菜的香味，

不知道是從哪一家傳來的，肚子咕咕叫著，她像沒事人一樣推開家門，房裡靜悄悄的，父親不知道去了哪裡。她走進廚房試圖要製造出跟別人家一樣的菜香，卻倒了油對著鍋鏟發呆，黃濁的油輕輕晃動著，她聽見父親開門進來的聲音，急忙丟了鍋子躲進房間。

母親，都是妳的錯，誰教妳要丟下我讓我一直等待。范音音不斷在心裡這樣默默念著：「是妳先要離開我的。」她多麼想也這樣告訴父親，而父親不再看她了，她翹課又逃家父親也沒再多看她一眼，她感覺自己像是一個罪惡感的標誌，永遠停留在那道門後面了。而母親究竟是身在何處呢？她或許永遠都不知道。是真的憑空消失了？還是父親將她埋到哪去了？或許永遠都不要知道比較好，她假想著母親離開到遠方去，又好像沒有離開，只是，不在了而已。

她以她的方式，無數個想像讓母親繼續存活著。

她可以繼續保有這種想像的，黃崇也是一樣，香水不該對她這麼說的，她要香水知道，她不該傷害她的，永遠不能夠。

香水講完跟范音音的電話時心跳得很厲害，她感到報復的快意充滿全身，早就該這

麼做了，這才是眞正的把她踩在腳底蹂躪，她范音音知道她所做的一切骯髒事不要以爲沒人知道，她都是看在眼底的，香水的心裡漾著輕微的喜悅，她好想跑去Friendshit狠狠喝酒，峰一定什麼都不會問的幫她調一杯最濃最烈的酒，他們可以舉杯慶祝她的勝利。

她往Friendshit的方向走去，忽然想起黑衣男人的背影，腳步在十字路口打了個轉，猶豫著不敢過去，現在還不該是時候，她還沒想好要用什麼方式見父親，香水轉頭往畫室的方向走去，想著，先來一場愛情的溫柔覆蓋吧！這樣她就有勇氣面對任何東西了。她走進熟悉的建築迷宮，慢慢的順著小路走，仰頭看見招牌歪歪扭扭的掛在樓梯盡頭處的門，門跟平常不一樣，不是半開的而是緊閉。可能是風吹的吧。她朝門內望了望，門上的玻璃平常是髒得什麼也看不清楚的，然而今天卻像有人用布抹過一樣出現一道清晰的痕跡，她小力的轉動門把擠進門裡去，熟悉的油彩味迎面而來。

「老人？」她叫著，畫室裡整個靜悄悄，她看見角落裡的畫具畫架亂堆著，廢紙堆裡疊得高高的，堆積如山的廢紙有她的身體。

不只那一張，香水走過去翻弄那些紙張，從廢紙堆裡拿起一張又一張自己的畫像，畫都被揉爛了，但還看得出是她的臉，她的表情，她的身體被折疊著，香水簡直不敢相信，

是誰這麼做？

她衝進最裡面慣常作畫的房間，望見老人倒臥在地上一動也不動，一旁的畫架斜躺在地上紙張散亂，她慢慢的走向前輕喚著，老人一點反應也沒有，香水著急起來，想必是甚麼心臟病之類的病症，用盡力氣把老人的身體翻轉過來。

香水顫抖一下身子，看見老人的眼睛含著兩泡血水，因她的搖晃慢慢沿著臉頰流下來，原來應該是眼睛的地方變成紅色帶著血肉的凹洞…眼睛已經不見了，這時她才注意到老人的身邊有一隻很鋒利的剃刀，像被仔細擦拭過一般乾乾淨淨，該是連一點指紋也不會留下的吧，她聽見老人有著輕微的鼻息，還在掙扎的呼吸著，還活著的。

老人還活著，只是眼睛死了。

那幾乎能穿透皮肉燃燒血液、充滿愛意的眼神，死了。

香水慢慢的走出畫室，腐朽的樓梯讓她幾乎摔倒，她抓著扶手大口的喘著氣，什麼都沒有了，她不用想就知道這是誰做的，就這樣抓住她最脆弱的地方然後連根拔起，狠狠毀了她的愛情、她最需要的。香水不知道自己能去哪裡，指尖到整條手臂都是冰冷的，渾身

禁不住的冒汗，她想起老人那被挖去冒著血水的雙眼，靠在牆邊吐了。

已經什麼都無所謂了，香水推開Friendshit的門，眼睛掃過正抬起頭來望她的峰，停在那個坐在吧檯角落的男人身上，還是一身的黑，她大步走過去將身子輕靠在男人身上，勾起嘴角笑笑，像一般她最常用的搭訕方式，男人吃驚的抬起頭跟她對望：「要嗎？」她已經無力分辨是不是跟記憶中相同的眼神，只是她只能這麼做了，在失去愛情之後急欲抓住什麼，她見男人遲疑了幾下，於是伸手抓他的手輕摳手心，男人終於站起來把酒喝乾，手慢慢爬上她的肩膀然後攀住，香水感覺男人的手指關節寬寬大大，就和以前一樣，這個名爲父親的男人一點都沒有變，她安下心來回摟住男人的腰，朝吧檯看了一眼，峰一句話也不說的看著她，臉上混合了微微的驚愕與不解，正調著酒的手停住了。

香水忽然有一些想哭，多麼想什麼也不做的跟峰喝一杯酒，她等著峰說些什麼或做些什麼，甚至是擺出一張不屑的臉也好，對她這一個跟妓女無異的行爲鄙視，至少有點反應，但男人的腳步沒有停下，她只是木然的跟著走，在被拉出店外之前沒有機會回頭再看他一眼了。

門咖搭咖搭開啓又關上，峰望著關上的店門，依舊是什麼也不說的，他沒有忘記他該

是一個好的酒保，伸手把剛剛男人喝過的杯子丟進水槽裡，嘩啦嘩啦，他用手背輕輕抹去噴濺起來的水珠。

「妳叫什麼名字？」

在進入之前，名爲父親的男人這麼問了，香水定定的望著他，一樣的眉毛一樣的臉型一樣的嘴唇，還有一樣的眼睛，溫柔的那雙眼睛，拋棄了她和母親的眼睛，她有股衝動想告訴他那個本來的名字，忽然有好多話想對他說，好多事情想問他，在這個雙方都脫得一絲不掛的當下，而男人沒等她回答就伸手摸著她滑膩的手臂，慢慢將手心包住她整個乳房，一個翻身壓在她身上，帶著煙味的嘴湊到她脖子上大力吸吮著。

這是最終的墜落了吧，香水想，發現眼睛裡好像有甚麼東西流了出來，沒有辦法止住的，於是她緊緊的閉上眼睛，多麼希望能像老人一樣失去眼睛再也不能夠看到呀，這樣就不用一再的提醒她，他們有多麼相同的ＤＮＡ，名爲父親的男人沒有發現他跟她是相同的，一樣的眉毛一樣的臉型一樣的嘴唇，那麼的相似，他卻什麼都沒有發現，那麼，不管告訴他本來的名字或是什麼的，都已經完全沒有任何意義了吧。

「我叫香水，香水喔。」她輕聲而反覆的念著，顫抖起來，彷彿這個名字就是爲了這

一刻，才誕生出來的。

范音音站在街口，那是回家的路，她走進路燈的範圍裡，那是離她最近的一盞路燈，平常都覺得沒什麼，但一個人走忽然徹底的寂寞了起來，望著微亮的路燈，路燈還在這裡等她，光輕柔的鋪在她的肩膀上，她聞見周圍傳來美好的香氣，食物的味道，跟小時候聞到的一樣，而她現在已經可以好好作出一頓有香味的飯菜了。

她一直都很想爲黃崇作一頓晚餐，范音音想，他們可以好好的面對面吃飯，不知道從什麼時候開始黃崇就一直是背對她的，自從香水事件過後，黃崇背對她的臉色裡還摻雜了心虛跟愧疚，他是該愧疚的，然而她會原諒他，不是每次都這樣的嗎？她喜歡黃崇跟她說對不起，說一千次也好，這樣她就會大方的原諒他，溫柔的摸摸他的頭，要知道，她是很寬容的。

但或許黃崇一直都沒有坐上她的餐桌，他們只是沉默著，然後背對背吃飯，范音音悲哀的想著，走向那一條看不見盡頭，通往家門的路。

黃崇不愛吃她作的菜，每次吃飯時桌上老是要擺一杯水，太鹹又太油，黃崇擺出很憂

慮的臉這樣說著，然後她都會默默走過去把水杯拿走，站在他旁邊看他吃，看著他一口口把那些菜塞進嘴巴裡去，作菜時她像鹽巴不要錢似的拼命灑，倒了很多油下去拌炒，再鹹一點再油一點更好，午間連續劇都是這樣演的，太太拿來殺外遇丈夫最好的方式就是作菜了，每天盡做些會讓人膽固醇過高或腎臟壞掉的東西，像一場折磨的延長賽，這是女人的武器，多麼簡單又不著痕跡，就連她也作得到的。

而她一直是沒有甚麼耐心的，爲了那樣的晚餐，她曾經找了很多的資料來，還去上那些所謂的營養課程，然後默默把一些東西記在心裡，老師說馬鈴薯可補氣跟強化腸胃功能，但綠色未成熟或已發芽發黑的馬鈴薯，會產生大量的「龍葵素」，會引起噁心、嘔吐、腹瀉甚至抽搐昏迷，還有菱角，生的菱角吃了容易感染薑片蟲。薑片蟲是寄居在腸內最大的吸蟲，不單會引起腹瀉、貧血，甚至會致人死亡，黃崇好像不是很喜歡吃馬鈴薯也不愛菱角，那麼還有很多農民曆上會寫的：雞蛋忌糖精，同食中毒、死亡；甲魚忌莧菜，同食中毒；肉與楊梅子相剋，同食嚴重會死亡…

她慢慢的走回家，老遠的就看見自己住的那一棟，沒有燈，現在早就已經是好孩子上床睡覺的時間，同一棟樓的住戶沒有燈還亮著的，感覺她的窗戶也悄悄的隱藏在其他一模

一樣的許多窗戶裡，僞裝跟大家相同，但是她知道，只有她自己知道跟別人不一樣，那個窗戶裡沒有人，不管再怎麼僞裝都不一樣，不管等的再久都沒有人會回到那裏去。

她終於知道爲什麼自己老是覺得屋裡髒了，爲什麼會一直沒有發現呢？不只是髒，還到處都是汙血的氣味，過了很久逐漸變成不健康的顏色，她打開窗戶想讓光線照進來，然而外面是黑的，看不見太陽，一切都是黑暗的，房間地上有一攤乾掉的淺褐色，很小塊不太明顯，應該只是粗心沒有發現的。她從廚房拿了濕抹布，跪在地上猛力擦拭著，直到完全擦乾淨爲止，又要重新打掃一次了，就跟那些日子一樣，每個睡不著的夜晚爬起來，她不是故意要打破東西的，只是沒有辦法的覺得骯髒，那些好像永遠擦不乾淨的杯子跟碗盤，永遠拭不去汙漬的窗戶。

黑色大塑膠袋安穩的躺在院子裡，還有兩天才能丟大型垃圾，她在月曆上把那個日子用紅筆大大的圈了起來，哎，等倒完垃圾的那一天，就繼續去找黃崇吧，已經沒有誰再來阻礙她了，是的，她就要來了，她會找到黃崇把他帶回來。

她不知道自己究竟是希望他活著還是死了，或許死了比較好，這樣他就不會再說要離開她身邊了，等到那個時候，她就要做那麼一頓晚餐吧，爲了他把發芽發黑的馬鈴薯煮成

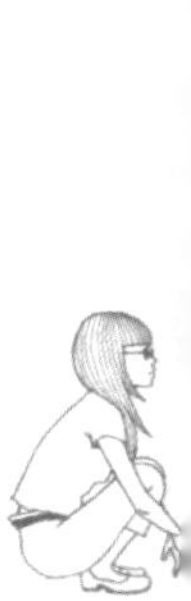

滿滿一鍋，弄成咖哩比較不會被發現顏色不對，生的菱角可以當作點心，還要買甲魚跟莧菜放在一起煮，肉跟楊梅混著煮該用什麼料理方式…

　爲什麼要這麼複雜呢？她只是很單純希望黃崇永遠留在她身邊，不要離開，她知道她會做到的，不管用什麼方式。

　范音音想起那天他說的話吃完晚餐後回到家裡，他說，他要離開，他要離開她，這不是他第一次這麼說，他不該這麼說的。

「我傷到他了。」

　她跪在客廳地板上，嘴裡唸著這句話，看著黃崇離去的背影，燈光嘩啦嘩啦的投射下來，那是個一聲也沒吭，垂直往前倒的背影，然後再也不動了，她把手裡的菜刀放下來，全身是汗的望著他。

　她是用全身的力氣在實踐這句話的，永無止境的墜落下去。

　不斷重複，重複。

「爲什麼當我哀傷且感覺到你遠離時，全部的愛會突如其來的來臨呢？」

是的，她就要來了，她會找到黃崇把他帶回來。永遠不再離開。

文學創作者網站簡介

不一樣的文學網站，變形蟲般的文學獎

台灣眞是個文學獎王國！根據文學創作者網站(www.yon.com.tw)登錄資料顯示，台灣每年進行的各類大小文學獎竟達近兩百個。但這麼多的文學獎，究竟爲台灣的文學環境播下多少種子、施灑了多少有用的肥料？沒有正式的研究調查資料佐證，默默以文字耕耘的創作者們眞的只能憑感覺想像了。

由文學創作者網站主辦的【文學創作者獎】，從第一屆的網路貼文、網友評論的形式，到第二屆網路徵文與結合實體印刷得獎合輯，在沒有財團、公立藝文單位的奧援下，以及熱心的文友慷慨解囊與出力相挺之下，成就了一個現今文壇上完完全全由讀者、作者與文學愛好者共同參與策劃的獨特文學獎項；二〇〇六年九月公開徵獎的第三屆文學創作者獎，以「個人作品出版」的理念籌辦，並將主題定爲【文學創作企劃出版】，得獎的作品將出版上市，爲深具潛力的文創新秀提供正式出書的機會。

經過公開徵選作品、網路試閱與名作家顏艾琳、許榮哲、甘耀明等專業評審評選等階段，評選結果於二〇〇七年年初公布，得獎者爲就讀於中國文化大學文藝創作組，筆名「神小風」的許俐葳，得獎作品爲《背對背活下去》。

第三屆文創獎總收件數爲二十四件，因文類不符（未合乎文學作品標準）淘汰三件，有效參選作品二十一件，其中男性十件、女性十一件，來稿主題多元，有武俠、言情、推理、奇幻之屬的大眾文學，也有走劇本、觀念小說、自傳散文的小眾文學，由於本次徵獎不同於其他文學獎，是以出版替代單篇文章的競技，評審甘耀明表示：「在選稿的過程中，難免想到那個老調牙的出版問題：我們要端出怎樣的一本書出版，才會在這新書上下架如洪流來往的書肆中，稍稍獲得更多關注。因爲這樣的嚴苛思維，我們發現來稿的完整性並不足以達到出版標準，曾出現『評審各自選出首獎鼓勵，但不出版的』想法，然後才演變成『先選出潛力作品，修改後出版』的準則。在此標準下，《背對背活下去》以些微的分數出線了，緊接在後是落差一分的《蘇菲亞》、《好姓》。而這也說明一點，如果換一批評審，結果必定洗牌。」

由於網路書寫的盛行，吸納無數的文學愛好者上網討論文學的種種情事，文學創作者網站的創始者張小哇表示，「拜網路科技之賜，創作者可輕易擁有網路空間發表作品，然而不同於其他文學網站的定位，文學創作者網站是針對『創作』來營造資源共享環境、鼓勵創作新人、增進創作動力爲方向而設立的網站。創始的第一屆文學創作者獎，在這樣充沛的創作情誼下，由多位文壇網友自主性發起，經由文學創作者、讀者共同討論、共同完成的文學獎，基本上充滿實驗與開創性質。」也因此，第三屆的文學創作者獎，逐漸蛻變成更成熟的具體實踐，在虛擬網路書寫中開創出一條更禁得起讀者考驗的作品，落成一本具有劃時代意義的實體書！

得獎作品將由耕耘自費出版已有四年之久的「印書小舖」執行，以「白象文化」出版，並於全國各大實體與網路書店上架販售，售書所得扣除編印成本、作者版稅後，利潤部分將轉爲「文學創作者網站發展基金」。

第三屆文學創作者獎頒獎典禮，主辦單位頒贈得獎者紀念獎牌，出版社白象文化當場與得獎者舉行出版合約簽約儀式，合約期限兩年，首刷一千五佰本，出版版稅六％。頒獎典禮並與文學創作者網站網聚活動結合，由本屆文學創作者獎與會人士舉辦分享會，檢討本次徵獎過程的經驗，以及多方徵求下屆舉辦方式的意見，同時亦有數十本自費出版文學類作品展示。

正如基維百科（wikipedia）開放編輯、共同參與的精神一般，文學獎倘若開放創作者來制定參與辦法及遊戲規則，會不會反而能讓文學創作的獎勵方式更具創意及實效呢？【文學創作者】邀您一齊來激盪創意。

BEST

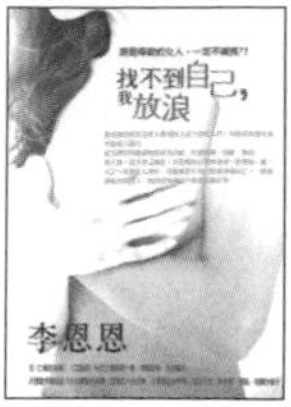

找不到自己，我放浪

作者：李恩恩　類別：小說

六年前與天皇的一夜情，那成熟男人的溫柔愛撫，一波波高潮所帶來的銷魂蝕骨，讓她從此深陷其中。為什麼一位大學工讀生在經歷與公司經理的一夜情後，會一次又一次地在人海中，用甜美而辛辣的慾望填滿自己？和《O孃的故事》《艾曼紐》等性文學經典一樣，無關道德、無涉律法，只想邀你徹底脫下世俗觀點的束縛，跟著女人的足跡，在複雜的世界裡，找回「性」最赤裸、單純、美麗的樣子。

LAG延遲

作者：謝承廷　類別：小說

得到「時間暫停器」的K，面對前所未有的神力，到底會作出什麼出人意表的驚人之舉？是超越慾望，成為正義的化身？或是依循人類貪婪、好色的本性，犯下令人髮指的罪行？而小卡在發現K擁有「still」的祕密之後，又會做出什麼樣的決定？以媲美布克獎得主塞爾曼．魯西迪的跨文化寫作手法，營造達利「超現實主義」的文字氛圍。

她及她的詩生活

作者：明夏（禮幸．蜜蕾）
類別：詩、散文

一個家庭的詐騙事件，啟動了成串出乎意料的命運大洗盤，為了穩住家庭財務，作者將這個事件後所產生的連串反應，包括家庭秘密大告白，使得親情力量重新凝聚、學習寬容、體驗合一之愛光芒的晶亮、啟發了心想事成法則的領悟，這些審視自我過去和層層內挖的生命對話，促成了她靈魂成長最不思議的壯遊，而她也將這些反省與領悟記載下來，完成了《她及她的詩生活》的出版。

柚子

作者：安息日小孩　類別：小說

這是一本愛情輕文學短篇小說，作者以細膩溫馨的筆觸，精簡卻充滿感性的文字，成熟的文筆跳脫出傳統式的愛情故事，平淡卻真實深刻。

文中更多了一些內心的省思與分析，讓讀者也能漸漸體會愛情中的苦澀與甜蜜。讀完本書，你會發現，這就是真實的愛情，真實的愛情就該是它原來該有的樣子。

WISE

禪風舞動科技人

作者：藍益清　類別：心理輔導

本書選錄11位科技人的心理諮商個案，由淺入深逐步介紹「禪式」水火共濟的身心健康管理方法；另附5篇關於科學園區生態的觀察與建言，是作者與科技人近距離接觸後，刻畫出心理人對科技人的關切與省思；由個人的身心健康管理延伸至整個企業的管理，第三輯收錄5篇禪的應用，推介禪式自動化管理——「同體潛意識」，讓科技企業乃至所有經營管理者皆可輕鬆應用禪達到名利雙收的目標。

笑裡藏道

作者：吳易翰　類別：心理輔導

一個事件，只站在一個角度或立場去觀察，就像是光源照射球體，最多只能照到二分之一的面積，一半是亮的，另一半是暗的。生活中也有許多「看不到、想不到」的面向，但只要願意往不同方向跨一步，或許嶄新的視野立刻就會出現。

作者以其豐富的生活經歷，提煉出關於修身、職場與生活的諸多智慧，讓您輕鬆談笑之餘，尋得正面的能量，修出生命的智慧！

402台中市南區福新街96號　電話：（04）2265-2939　傳真：（04）2265-1171
網址：www.PressStore.com.tw　電郵：book@vital.com.tw
白象

MY BOOK

羽揚詩集：年少往事，如煙

作者：羽揚　類別：詩集

本書紀錄了作者生命中情感最豐沛的那一段歷程，充滿爆發力的情感能量蓄積，促使羽揚寫下了115首關於愛情與永恆生命的心靈詩篇，由小我的內在省思、生活、情感、家庭、親情等等，擴展到環境、工作中的種種感觸，詩文中揉合了細膩的情感，雖不講究押韻、對仗，行文卻充滿本土詩集的樸實韻味；每篇詩作皆以不同的形式以及文字技巧呈現，一筆一劃紀錄下寂寞的年少心事，亦詩亦詞，動人而風情萬種。

愛情悄悄畫

作者：周鈞　類別：散文

作者創作本書的歷程長達兩年半，然而書中情感豐沛的故事卻涵蓋了成長時期、求學，以及出社會工作的歷練，最難能可貴的是除了文字雋永的小品創作外，本書的排版以及繪圖，皆是作者親力親為，全彩內頁，用各種五彩繽紛的圖畫呈現愛情的美麗面貌，令讀者目不暇給，或許沒有人能把眞正的愛情畫出來，可是在每個人的心目中，愛情都有一幅美麗的圖畫！

生命的謳歌

作者：周欽龍　類別：散文

執教三十餘年，本書是作者畢生經驗與智慧的累積。他見微知著，從自然界最微小事物中體悟出人生大道理，運用哲理散文的筆法，一篇篇將自己在人生體驗中的所思所懷忠實地記錄下來，既可以讓讀者作為生活的借鏡，也可以藉此以陶冶性情、敦品勵志。

本書精選「自然」「思想」「生活」「怡情」「勵志」等五大章輯，154則智慧哲理，內容含括自然生態、生活型態、情緒管理、思考邏輯、休閒養生等各個層面的體驗與看法，化作精緻短文與讀者朋友分享，相信能讓讀者更加順利的探索生命眞諦，豐富生命的內涵。

樂活誌

知性少年

作者：詹淑娟　類別：心靈健康

性教育該從什麼時候開始？

當性徵隨著成長逐漸凸顯，性衝動開始在體內滋長，少男少女如何健康歡喜地面對？

戀愛、做愛做的事、保險套、處女膜、避孕…又和你有什麼關係？

本書收錄作者自一九九〇年起在各級學校、機關團體及部隊中的演講內容，及為救國團青年期刊所寫的性教育專欄，內容淺顯實用，詳盡解析青少年最想知道的「性」事，幫助親子之間能搭上一座溝通的橋樑，共同以積極正面的態度面對這項天賦萬物的本能。

舞光魅影——性感肚皮拉丁有氧

作者：MIKI　類別：運動舞蹈

由暖身、Hip & Belly Course腰臀緊實練功房、Core Course 核心課程——肚皮拉丁有氧基本動作到Cool down緩和共示範58組動作。解說詳實，分解動作明確，豐富的內容與精美的圖片，令人驚豔！

心在跳舞：遇見舞蹈治療

作者：Irene　類別：心靈健康

本書兼顧舞蹈治療學理闡述與實務分享，以平易近人的筆調娓娓道來作者於國內外求學及帶領團體的心路歷程，並提供舞蹈治療進修資訊，是國內第一本舞蹈治療學習與實作記錄，帶領讀者踏上一位舞蹈治療工作者的成長之路，一探作者如何遊走於理想與現實間，為了舞出生命的風采而昂首向前。

天地道

翻書就能算命

《鬼谷算命祕數》白話新編

作者：林金郎　類別：八字命理

《翻書就能算命：鬼谷算命祕術白話新編》是史上最快算命祕術，中國奇書《鬼谷算命祕術》台灣第一新編譯本，內容含括事業、兄弟、運勢、婚姻、子女、老年等祿命解譯，完整活用於每十年大運、每年小運和抽籤，依據生辰八字推算批命、祿命，古詩論命、論命四字訣爲其特色。

冷言作品集

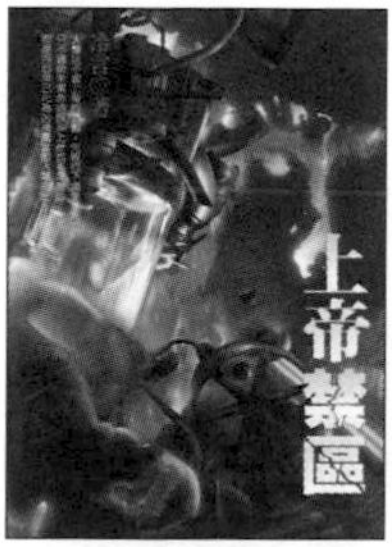

上帝禁區

作者：冷言　類別：推理小說

四十多年前，雲林縣林內鄉居民在山區發現了五具肢體殘缺的無名屍體，震驚社會。退休刑警施田、年輕斯文的男子姚世傑、帶點傻大姐脫線個性的女警梁羽冰三人驅車南下前往雙子村欲追查進一步詳情，沒想到等候著他們的，是一具環抱支離破碎的人偶、死在四周淹滿水的田地裡的屍體……

生命風景

爸媽我在這裡！

——照顧失智雙親心路歷程

作者：龍祥燕　類別：醫療照護

本書作者長期負起照護失智雙親的責任，包容生病雙親的乖違性格，壯年的青春也在漫長的十三年照護中跟著流去…然而對父母的愛、手足的相互支援，以及許多朋友的鼓勵，她度過那段內心煎熬與憂慮的漫長挑戰。爲完成母親的遺願，在母親節前夕，將這段歷程化爲文字紀錄成書，期望有更多人因此受益，減少許多失智症患者與主要照顧者，因爲一般人的誤解與無知所受的折騰。

邀舞

一位多發性硬化症病人的心情紀事

作者：高銘君　類別：健康醫療

從身手矯健的籃球校隊到右眼、右手、右腳障礙，生命在高銘君身上開了一個荒謬的大玩笑：生活、飲食正常，定期運動，祖宗八代沒有遺傳疾病的人，卻罹患了無法治癒的ＭＳ——多發性硬化症！高銘君將其籃球隊時的意氣風發、尋醫治療的無奈忍痛，以及與美國男友的相知相惜，一字一句敲打下來，其樂觀進取、永不放棄的勇氣，讓人對生命更有不同的感動！

35歲的生日禮物

Iverson抗癌日記

作者：Iverson　類別：健康醫療

35歲的Iverson，在生日前一個月收到老天送他的大禮——非何杰金氏淋巴瘤三期。獲知消息時，他沒有怨懟，不曾哀慟，是誰規定罹患癌症就只能絕望無助？如果疾病不是我叫他來的，那至少我們可以決定用什麼態度來面對！

樂觀的天性、「不正經」的性格，幽默抗癌鬥士Iverson以「從癌症戰場勝戰回來」過來人的身分，告訴大家如何預防癌症、克服癌症，並以幽默樂觀的態度，把握現在，活在當下！

走出傷痛，就是愛

作者：盛連金　類別：心理勵志

當孩子意外離你遠去，你如何讓破碎的心恢復愛人的能力？本書是盛連金強忍悲慟，用盡氣力、吞下眼淚與過世的孩子不斷對話的真情記錄。這些感人的文字讓孩子彷彿重獲新生，活在每一位讀者心中的福田，等待我們用愛來讓它發芽。

402台中市南區福新街96號　電話：（04）2265-2939　傳真：（04）2265-1171
網址：www.PressStore.com.tw　電郵：book@vital.com.tw
白象

背對背活下去

國家圖書館出版品預行編目資料

背對背活下去／神小風著.　一初版.一臺中市：
白象文化，民97.02
　面：　公分.
ISBN 978-986-6820-26-7（平裝）

857.7　　96020093

建議售價・160元
作　　者・神小風
校　　對・神小風、楊宜蓁、徐錦淳
專案主編・楊宜蓁
美術編輯・張禮南
經銷業務・陳榕笙、蔡岱穎
行政倉儲・楊媛婷
總 編 輯・水邊
發 行 人・張輝潭
出　　版・白象文化
402台中市南區福新街96號
電話：（04）2265-2939　傳真：（04）2265-1171
郵政劃撥・戶名／生活力人文工作室，帳號／22545023
總 經 銷・東芝文化
台北縣中和市中山路二段315巷2號4F
電話：（02）8242-1523
印　　刷・基盛印刷工場
版　　次・2008年（民97）二月初版一刷

設計編印

印書小舖

網　　址：www.PressStore.com.tw
電　　郵：book@vital.com.tw